回復術士的重啟人生

Redo of healer

~即死魔法與複製技能的極致回復術~

6

月夜淚
插畫◎しおこんぶ
Author : Tsukiyo Rui
Illustration : Siokonbu

Kadokawa Fantastic Novels

C O N T E N T S

回復術士的重啟人生
~即死魔法與複製技能的極致回復術~
6

凱亞爾葛
為了捨棄懦弱的自己而進化成新模樣的凱亞爾。以愉悅又幸福的復仇生活為座右銘，活得歡樂自在的優秀青年。本性善良。
紅蓮
吸收凱亞爾葛以及他同伴的魔力與心靈為養分而誕生的神獸。雖然優秀但卻會忠於慾望的狐狸。
芙蕾雅
被改變容貌植入虛假的記憶的芙列雅公主，凱亞爾葛的所有物。深愛凱亞爾葛且尊敬著他的隨從。
剎那
淪為奴隸的冰狼族天才。被凱亞爾葛所救成為他的所有物。
克蕾赫
【劍聖】。吉歐拉爾王國最強的劍士。

艾蓮
擅長「政略」及「軍事」的諾
倫公主改頭換面後的模樣。非
常愛跟凱亞爾葛等人撒嬌的少
女。但其本質沒有改變。
夏娃
在第一輪是魔王，第二輪為
魔王候補的少女。是遭到現
任魔王迫害的黑翼族，為了
成為魔王拯救族人而旅行。
布列特
【砲】之勇者。經驗豐富值
得依靠的男人……其實是只
愛著少年的異常性癖者。

「如果要連我一起攻擊就先講啊。這樣對心臟不好。」
「紅蓮真了不起的說。嗯哼！」

「咿嗯咿咿咿咿咿咿！
啊啊啊，謝謝你。謝謝你！」

序章 回復術士踏上旅程

我們打倒了魔王哈克奧，成功讓夏娃當上魔王。

但是，正當我們鬆了口氣的時候，【砲】之勇者布列特瞄準那一瞬間的空檔，趁機奪走了魔王的心臟【賢者之石】。

【賢者之石】是能夠將術者的魔力爆炸性提高的一次性魔道具。

那股力量相當驚人，要是由我使用，甚至能【恢復】整個世界本身，讓時間倒流。

也正因為有了那個，我才得以重啟人生。

為了在失敗時有個能夠重啟人生的保險，我不論如何都要得到【賢者之石】。

「事情怎麼會變成這樣。」

可是【砲】之勇者布列特那傢伙，竟然敢搶走我的寶物，真是好大的膽子。

那傢伙的罪狀還不只這樣，他還殺了鐵豬族。

那傢伙奪走我的寶物，殺害了我的朋友。

我絕對不會原諒他。我要對他進行一場無情且殘忍的復仇。

我重新在心裡如此發誓。

「凱亞爾葛，你又露出可怕的表情了。」

「抱歉，我剛好在想點事情。」

我現在和夏娃兩人獨自待在魔王城的魔王之間。

和魔王哈克奧戰鬥之後，已經過了整整兩天。

我在其中一天，拯救了原本應該要遭到處刑的星兔族族長，並挖角他成為我的屬下。

他不僅足以信任，也很能幹。

應該能在我離開時幫上夏娃的忙。

「真是的，你要我在這裡幹活，卻一個人在旁邊發呆！」

「抱歉，我會注意……大概還要再花多久時間才能幫我把那個準備好？」

目前的事態可說是分秒必爭，我們應該要盡快趕回吉歐拉爾王國。然而我卻還悠哉地留在魔王城，其實是有理由的。

之所以還留在這裡，是為了確保前往吉歐拉爾王國的移動工具，因為從這裡要到吉歐拉爾王國的距離實在過於遙遠。

就算騎馳龍以全速奔馳，大概也得花上半個月才能抵達吉歐拉爾王國。

目前的狀況並不允許我們這麼做。

不過我有個祕策。

一旦運用這招，就算在這裡多消磨幾天時間也有辦法更早抵達王國。

「根據剛才的報告，應該再兩三個小時就好了。」

「幹得好。如果是那玩意兒的速度，肯定能比布列特更快抵達吉歐拉爾城。」

【賢者之石】絕不能交到吉歐拉爾王手上。所以我打算在【砲】之勇者返回吉歐拉爾王國之前突襲吉歐拉爾城，並殺死吉歐拉爾王，進一步摧毀禁咒的儀式裝置。

然後再偷偷埋伏起來，只要布列特一回來就收拾他。

假如用普通的方法，別說是早一步回去，甚至連追上他都是痴人說夢。

畢竟布列特率領的是諜報部隊，他們充分理解機動力的重要性，肯定會想辦法以最快的手段返回吉歐拉爾王國。

「真沒想到竟然會有機會乘坐飛龍。」

「其實我也很想坐耶。」

但是，我們這邊能夠借助魔物的力量。魔王軍裡面有被稱為龍騎士的兵種。

以龍代步，便能獲得壓倒性的速度。

只要乘坐飛龍以空路移動，一天之內便能抵達人類與魔族共存的城鎮布拉尼可，隔天到拉納利塔落腳，三天後就能抵達吉歐拉爾王國。

為此，我拜託夏娃動用魔王的權限幫我安排了龍騎士。

「妳在掌控魔族這方面還順利嗎？」

「大致上啦。幸好一開始回來的都是司令官級別的人呢。」

魔王能對所有魔族以及魔物下達絕對遵守的命令。

夏娃透過這股能力強迫敵對的司令官認自己為主並獻上忠誠，並命令他們傳喚尚未被支配且擔任要職的魔族來到此處。

這樣一來，她便能逐步掌握實質上的權力。

不過基本上，並非所有魔族都會老實接受徵召。

無視命令，逃離到遠處的也不在少數。

……夏娃身為魔王的力量，終究只有她本人壓倒性的實力，以及能下達絕對遵守命令這兩項而已。

因此夏娃的立場相當不穩定。

現在為了盡可能鞏固這不穩定的立足點，夏娃本人和從前遭到迫害的種族正採取行動。

「其他人在做什麼？」

她口中的其他人應該是指剎那她們吧。

「我隨便挑了個空房讓剎那她們在那邊休息。畢竟與魔王一戰讓她們消耗了不少體力。」

我用【恢復】治療她們的傷勢，也給了體力恢復藥，但是保留了價格昂貴又難以入手的魔力恢復藥。

只不過魔術與藥物並不能治療精神上的疲勞，因此我讓剎那她們休息來調整狀態。

「凱亞爾葛肯定也累了吧？我聽說你在我失去意識時費了不少苦心。在我清醒之後也一直在幫我對吧。況且你和魔王哈克奧戰鬥時也很勉強自己，你不去休息好嗎？」

「沒問題的，畢竟鍛鍊方法不同。」

雖然疲憊，但還不到無法承受的地步。

夏娃才剛當上魔王，現在這個時間點最為危險。不僅如此，要是沒有人待在夏娃身旁，她肯定也會感到不安。

我想至少在離開魔王城之前都在她身旁守護她，因此我多少有些勉強自己。

「嗳，我真的不可以一起去吉歐拉爾王國嗎？我成為魔王之後變得超級強喔，肯定會比以前更加有用。」

「不行。妳現在最應該做的，是盡快鞏固好自己的地位。」

這次去吉歐拉爾王國的是除了夏娃以外的成員。

之所以這麼做有幾個理由。

夏娃才剛當上魔王。

自然不能在這個時期離開魔王城。

她必須要盡可能地支配更多魔族，為新魔王的統治方式設下標竿，並向大眾宣示這個方向才行。要是在一開始失敗，之後要挽回便是難上加難。

所以夏娃必須將一切的心力投入在魔王的工作上。

「我知道了……你絕對要回來喔。要是去了人類的國度，然後就再也不回來了，我可是絕對不要的喔。」

「我絕對會回來的，我向妳保證。所以，夏娃也做好自己該做的工作吧。」

「嗯，我會努力的。等凱亞爾葛回來的時候，我就會完美治理好魔王領地！」

很不錯的答覆。

我向夏娃提出幾項建議之後，魔族接踵而來地走進了魔王之間。

過去遭到迫害的種族建立了聚落，而現在出現的正是在那裡掌握領導權的人，以及在本國的各個種族的長老。

在這一群人之中，還有分散四處的黑翼族。

被我所救的星兔族長老加洛爾在經過變裝後混進了人群，並對我使了個眼色，於是我點頭回應。

由於星兔族是叛徒，原本無法參加這次的召集，但我用【改良】把他變成某位戰死族長的模樣，所以他才得以在場。

他將會以新的立場協助夏娃。

「各位辛苦了。」

聽到夏娃的問候，所有人屈膝跪地。

今後這些曾經遭受迫害的種族代表，將會在實質上治理魔王領地。

夏娃的腦袋聰穎，也受過良好的教育。

但就是經驗不足。

所以關於統治方面會以這些人為中心，透過開會決議大小事項。

畢竟這些人是各種族的代表，不僅經驗豐富，腦袋也反應很快，其中也有人曾效力於前前任的魔王。

他們正跪在王座前面向夏娃報告。

身為魔王的夏娃並沒有參加會議，而是通過報告聽取他們討論的結果，進而做出最終的判斷。

她聽取了一個又一個的檢討結果後，點頭表示同意。

之後聽他們說明了現況，夏娃便下令當場解散讓代表們離開了。

關上大門之後，夏娃重重地嘆了一口氣。

「呼~果然會緊張呢。畢竟向我低頭的都是些比我還聰明的大人物。」

「我先忠告妳喔，妳得好好用自己的腦袋思考之後再點頭同意。要是稍有閃失，妳就會淪為對他們言聽計從的傀儡。」

「嗚嗚，可是什麼事都聽他們的，好歹那也是腦袋聰明的人拚命思考才得到的結果吧？應該會比我自己想的更好才對啊。」

真是天真的回答啊。

前提條件根本就錯了。

「那只限定在全體成員目標一致的時候。夏娃的目標是『拯救遭到迫害的種族，再來就是希望創造一個和平的世界』對吧？但我可以斷言，他們的目標是『只讓自己的種族繁榮，徹底榨乾從前一直瞧不起自己的傢伙』。要打賭也行。」

雖說我原本就存在著這種疑慮，但實際看到得知夏娃當上魔王後便飛快地衝來魔王城的這群傢伙後，就確定了這個假設。

幸好他們也理解為了實現這個目的，最重要的前提就是要幫助魔王夏娃架構好支配體制。所以目前暫時沒有問題。他們反而還會妥善地處理好分內的工作。

然而，要是支配體制趨於穩定，他們立刻會為了實現自己的目的而開始行動。

……我已經拜託星兔族的加洛爾混進這群人之中觀察狀況，營造出對夏娃有利的局面。他的存在甚至連夏娃也不知情。

夏娃不擅長隱瞞，要是她知道的話肯定會露出馬腳，被老奸巨猾的各族代表察覺到加洛爾的存在。

更何況像這種棋子，知道其存在的人越少效果越好。

「知道了，我會注意的……雖然我可以理解想要報復迫害自己的人那種心情，但這麼做就跟那些傢伙沒什麼兩樣，而且會換成是我優待的種族遭到其他種族怨恨，只不過是重蹈覆轍罷了。我會阻止這種事發生，在我還是魔王的期間全面禁止這種行為。」

「是嗎，夏娃真了不起。」

「我……我沒那麼了不起啦。嘿嘿。是說別把我當成小孩子！」

這是我無法辦到的選擇。

雖說跟我想法不同，但我沒打算因此瞧不起她，甚至還覺得這樣的選擇很難能可貴。這是夏娃溫柔的一面，也是她堅強的地方。

倒不如說，我之所以會踏上復仇這條路，就是因為我的軟弱所造成的……可是，我也只能選擇走上復仇這條路。

要是不這麼做，我可能會瘋掉。

從前讀過的小說裡面，寫到「復仇是空虛的，就算完成復仇也不會留下任何收穫」。

但我並不這麼認為。

要是不這麼做，將會一輩子受到怒火焚燒，淚水也不會有乾涸的一天，就此淪為行屍走肉。

而除了這股使命感之外，確實有一部分也是因為我樂在其中。

的確，就算成功復仇也不會留下任何實質有形的收穫，但是踐踏憎恨的對象，掠奪對方所有一切，讓他跪地求饒。那一瞬間將會讓我得到超乎想像的快感。

復仇所帶來的快感，是任何美酒以及美女都無法相提並論。

能夠品嘗到這最上等的愉悅。光是這樣就足以構成復仇的理由。這世上不存在著比這更棒的娛樂。

折磨我的人、虐待我的人、掠奪我的人，都是為了提供我快樂，用過就扔的玩具。

「還有，我希望夏娃以妳的權限幫我核可這份文件。」

「這是什麼啊？呃，允許這名人物擔任我的護衛，還有讓這群人移民到王都，護衛是拉碧絲，移民者是星兔族，為什麼？」

「拉碧絲是我們的朋友對吧？要是就這樣把她留在那裡，被視為叛徒的她肯定會過著遭受歧視的生活，所以我希望能幫助她。畢竟我們又不是不認識。況且拉碧絲雖然看起來那樣，但其實本領也很高強。」

她當時臥病在床所以沒有注意到，但拉碧絲極為優秀，在罹病之前曾受過英才教育。實力無可挑剔，而且也兼備服侍魔王的人所必需的教養。

而且是女性這點也很不錯。

要總是隨侍在旁的話，還是女性比較方便。

「是可以，但特別禮遇星兔族，這樣會不會有人生氣啊？」

「既然族長加洛爾已經遭到處刑，星兔族也算是為此贖罪了。之所以任用拉碧絲是因為她的能力。允許星兔族移民是因為他們協助放出假消息有功，有一部分也算是給拉碧絲的報酬。畢竟那孩子比起自己更想拯救族民……老實說這些都是場面話，重點是我想拯救那個女孩，況且夏娃也是這麼想的吧？」

夏娃目不轉睛地盯著我，然後點了點頭。

「嗯，我也想救拉碧絲。絕對會讓大家批准這份文件。」

雖然我刻意不說，但這同時也是為了要褒獎不惜捨棄名字與長相，也要竭盡心力服侍夏娃的星兔族族長加洛爾。

要是只有夏娃一人試圖核決這個提案，肯定無法壓住周圍的反對聲浪，但要是有加洛爾在便萬無一失。

他一定會讓所有人認同這件事。

再加上一旦這個提案通過，還能獲取加洛爾和拉碧絲這兩名優秀人才的忠誠心，相當划算。

這樣一來，就完成在出發前必須處理的工作了。

再來只要飛龍備妥，隨時都能夠出發，不過……

「魔王夏娃大人，報告。」

魔王之間來了新的客人。

是穿著騎士甲冑的蜥蜴人。

「按照您的要求，準備了兩頭最上等的飛龍。無論體力或是速度，都是其他飛龍所望塵莫及。」

「謝謝你。讓他們準備好隨時起飛。」

「是！屬下明白。」

期盼的東西終於到了。

好啦，叫剎那她們過來吧。

這樣一來就能出發了。

今天之內抵達布拉尼可，明天再到拉納利塔。

到了後天就能殺進吉歐拉爾王國。

當我要離開魔王之間的時候，袖子突然被拉住。

我回頭望去，夏娃便往我嘴唇落下一吻。

「我老是受你幫忙，可是卻還沒答謝你呢。我還有許多謝禮要報答凱亞爾葛，所以你絕對要回來喔，我會等你的！」

夏娃淚眼汪汪，紅著臉這樣說道。

即使成為魔王，夏娃依舊沒有任何改變。

我希望她將來也能保持現在的模樣。

「我會期待的。說到謝禮……對了，我想再麻煩妳幫忙做一件事。在我回來之前幫我組織一個魔王直屬討伐部隊……反正就是類似那樣的部隊。然後希望妳能任命我擔任他們的隊長。有個地位想做什麼都會比較方便。」

「嗯，我會幫你準備的……感覺讓凱亞爾葛獲得權力好像會很不得了。不過沒關係。反正凱亞爾葛對我很溫柔嘛。」

「是啊，其實我想要的就是一個可以在肅清害蟲時不用透過麻煩手續的特權職位。到時我會以偏見將礙事的傢伙一個一個消滅。不過，這當然都是為了夏娃。」

「……感覺只能想像得到很亂七八糟的未來呢。」

我和夏娃同時笑了出來。

一旦打倒布列特，我的復仇也就結束了。

在那之後，和夏娃一起過上和平的生活似乎也不壞。

我恐怕還得暫時過上一段滿是血腥的生活。

畢竟政權更替就是這麼一回事。

可是在那盡頭等著我的，是充滿溫柔的日常生活。

我會在那溫柔的日常當中，與夏娃和剎那等人一起生活，那樣的每一天肯定很有魅力。

和夏娃道別後，我便走向剎那她們所待的房間，同時想像著那樣美好的未來。

第一話 回復術士乘上飛龍

我和除了夏娃以外的成員一起來到了魔王城的巨大庭園。

在巨大的庭園之中，正趴臥著兩頭綠色飛龍。

牠們的體長約莫六公尺。

是龍騎士隊引以為傲的飛龍——暴風雙足飛龍（Tempest Wyvern）。

這種龍擁有操控風的能力，在高速飛行的同時，還能在身上包裹風罩將空氣阻力削減到極限。

拜此所賜，不光是可以進一步加快速度，騎手也不會感受到空氣阻力，乘坐起來十分快活舒適，可說是最適合用來運輸的魔物。

有了這傢伙，就可以確實地追過布列特他們。

畢竟存在於這個世界的任何移動手段，都無法與龍的移動速度匹敵。

在飛龍的旁邊，有兩名擁有赤紅皮膚的龍人。

他們恐怕就是龍騎士吧。

「我們奉魔王夏娃大人的命令而來。我是紅龍族的戰士，名叫約那。」

「同樣是紅龍族的戰士，我叫伊那巴。」

紅色皮膚的兩名龍人當場屈膝敬禮。

儘管身體是人類尺寸，但頭部完全與龍無異，充滿了魄力。

由於魔王的命令是絕對的。即使是要他們載著人類飛行移動，也同樣會遵從命令。

我以【翡翠眼】觀察他們。

這樣一來就能看穿他們的實力，與此同時，我也察覺了某個異狀。

「真是有禮。我是【癒】之勇者凱亞爾葛。伊那巴，你的右肩似乎抬不太起來。想來很不方便吧？」

我朝龍人中表現較為強硬的伊那巴搭話。

「真虧你能注意到。我的肩膀以前曾受過重傷，但是在治好傷勢之後卻也抬不起來了。雖說有些不便，但並不妨礙我操控飛龍，請放心吧。」

「我不是因為擔心才問你。我是回復術士，只要有那個意思就能治好你的傷勢。」

我說完這句話後，男子把手放在肩上。

儘管肩膀抬不起來是很常見的症狀，但會限制到各式各樣的行動。

如果能治好的話肯定是求之不得吧。

「可以嗎？那麼，請你務必幫我治療。」

「畢竟之後還得拜託你，這點小事就讓我效勞吧。」

「非常感謝，務必麻煩你了。」

我朝他露出莞爾一笑，接著用手觸碰他的肩膀發動【恢復(Heal)】。

「你動動看吧。」

「喔喔，這是……肩膀能抬起來了。身體好輕鬆。我國的回復術士和醫生都放棄治好我的肩傷，想不到你竟然能治好，真不知該如何答謝你才好。」

「謝禮就用工作來還給我吧。麻煩你用最快的速度，平安地送我們到達目的地。」

「嗯，那是當然。其實我原本對這任務興趣缺缺，但現在一口氣充滿幹勁了。」

伊那巴喘著大氣並轉了轉肩膀。

看樣子他相當開心。

此時，在旁的剎那開口說道：

「凱亞爾葛大人，好溫柔。」

由於剎那以尊敬的眼神朝我望來，因此我點頭回應。

我偶爾不禁會想，剎那實在是太過尊敬我，所以沒辦法正確地判斷我的行為有何意圖。

……當然，我並非單純出於善意才治療紅龍族。

第一個目的是確保安全。

他們有可能是表面上裝作服從，但私底下卻打算背叛我們，所以我想藉由讀取他們的記憶確認這點。

【恢復】可以讀取對方的記憶。

透過這個能力，我成功確認他們無意加害我們。

然後，還有另外一個理由。

我以【翡翠眼】觀察時，發現他們擁有操控飛龍的技能。魔族們擁有操縱特定魔物的能力。

而他們似乎還另外擁有名為【龍騎士】的這項技能。

我想透過【模仿（Heal）】來得到操控龍的技能。只要有了這項技能，萬一他們意外身亡，或許也能由我來操控飛龍。

基於這兩個理由使然，所以我才對他使用【恢復】。

當然，我不打算老實地說明意圖。

畢竟要是能被認定是個好人，自然是再好不過。

紅龍族走向各自負責的龍旁邊，裝好轡繩與鞍後便呼喚我們過去。

鞍上附有四個座位，每一頭除了駕駛員以外還能再坐三個人。

「克蕾赫、芙蕾雅還有艾蓮，妳們去坐對面的飛龍，紅蓮和剎那來我這邊。」

因為是天空之旅，遭遇襲擊的可能性很低，但最好還是保持警戒。

所以我盡可能地把戰力與負責指揮的人物平均分配。

對面的隊伍戰力有【劍】之勇者克蕾赫以及【術】之勇者芙蕾雅，而前軍師艾蓮擔任隊伍的智囊。

如果是那三個人，即使一夥被打散了也肯定能活著和我們會合。

克蕾赫、芙蕾雅以及艾蓮三人走到了我的面前。

「那麼我們就先走一步了。」

「要和凱亞爾葛大人分開，好令人寂寞喔。」

「凱亞爾葛哥哥，祝你平安。」

「妳們自己也要小心。要是有個萬一，就照昨天說好的那樣行動。」

三個人點頭表示了解，便乘上對面的龍離開現場。

好啦，我們也動身吧。

「剎那、紅蓮，我們走。」

「了解。」

儘管剎那做出回應，紅蓮卻是不發一語。

而且，不知為何她不是平時的小狐狸模式，而是維持少女的姿態。

「妳怎麼不像平常那樣變成狐狸？」

「要是維持那個模樣，紅蓮兩三下就會被風刮走的說。天空很恐怖的說。」

仔細一看，她的狐狸耳朵慵懶垂下，尾巴也縮了起來。

看樣子她相當害怕乘坐飛龍。

「要是怕的話就抓住我吧。只要妳不放手自然就不會被刮走，況且如果是我，就算飛龍墜落也能活下來，到時只要妳在附近我就能救妳。」

「紅蓮第一次覺得主人這麼可靠的說！人家絕對不會離開主人的說！」

紅蓮緊緊地貼在我的背上。

儘管很難行動，但還是第一次看到紅蓮有這種反應，感覺還不壞。

「有點羨慕紅蓮。剎那也想貼在凱亞爾葛大人身上。」

「妳先稍微忍耐一下。相對的，晚上我會盡情疼愛妳。」

「嗯，知道了。剎那很期待。」

我們三人乘上飛龍。

當紅龍族的伊那巴拉起韁繩，飛龍便一口氣飛上空中，並開始加速。

周圍的景色一轉眼便被拋在身後。

何等驚人的速度。

這就是龍群眼裡的世界。

「呀啊啊啊啊啊啊啊啊啊啊，好可怕的說！要～掉～下～去～的～說～」

紅蓮在我背後發出了慘叫。

「好美的景色。而且風吹起來好舒服！」

剎那似乎很享受眼前的這陣風以及景色，和紅蓮形成強烈的對比。

她正用手按住頭髮與狼耳，露出開心的笑容。

畢竟速度相當飛快。要是暴風雙足飛龍沒有以風罩減輕空氣阻力，我們現在光是不讓自己掉下去就得拚了老命，更別提開口說話了吧。

幸好準備了暴風雙足飛龍當我們的交通工具。

我來回看著畏畏縮縮的紅蓮與樂在其中的剎那，兩個人的落差甚至讓我差點笑出來。

「妳們兩個，照這個速度來看，不用多久就會抵達布拉尼可了。這樣的體驗可不多，用全身去好好享受吧！」

紅蓮不發一語地在抓住我的手上使力；剎那則是發出了比平時稍稍亢奮的聲音。

我也像剎那一樣享受眼前的景色與風的感覺

龍真是不錯。

不僅速度快，又很舒服，坐起來實在很有意思。

要是能夠自己操控，想必會更加舒服吧。

總有一天真想自己操控看看。

◇

真是令人難以置信，我們傍晚就抵達了布拉尼可。

而且也順利地和分頭行動的克蕾赫等人會合。

雖然聽說龍的速度很快，但這實在是超乎想像。

紅龍族他們為了把龍藏在森林裡而和我們分開行動。所以我們先決定好明天的會合地點，等到明早再出發前往拉納利塔。

我想應該已經超前布列特他們不少。

「妳們也有享受這次的天空之旅嗎？」

「雖然有一點害怕，但是很感動。」

「……要是以戰略價值考量的話，實在難以估計呢。如果能採用龍騎士這種兵種，戰爭就會變得截然不同。真的很想得到他們呢。若是能召集到一個師團就更好了。」

芙蕾雅和艾蓮率先回答了我的問題。

儘管嘴上說得振振有辭，但妳們兩個怎麼都鐵青著一張臉色，狂冒冷汗啊？

然後，作為壓軸的克蕾赫稍微思考了一會兒後才開口。

「嗯，是最棒的體驗。但只是坐著其實有些沉悶。真希望總有一天能得到調教過後的龍，盡情地在空中翱翔呢。」

「我也有同感。不過對人類來說應該有難度吧？」

「沒有這回事。我記得亞修拉馬共和國也存在著龍騎士。那個人恐怕是世界上獨一無二的人類龍騎士。但是既然有那樣的人存在，代表我們也有可能駕馭飛龍。」

「這麼說來確實有這號人物。我完全忘了這回事。」

在第一輪的世界裡，吉歐拉爾王國三英雄的其中一人，確實被稱為龍騎士。

雖說他的來歷不明，但是在他身旁總是會有飛龍隨侍在側。

他在空中甚至能壓制魔族的龍騎士，是人類唯一的航空戰力。

在第一輪的世界裡，我們勇者也受過他多次關照。

舉凡運輸、補給以及掌握制空權等等，所有大小事都是由他一手包辦。

……我竟然會忘記這個人的存在，實在是太掉以輕心了。

假如他出手幫助布列特他們，整個計畫就會完全崩盤。

要比布列特更早抵達吉歐拉爾王國根本不可能。

不對，冷靜想想的話，應該不用擔心。

畢竟就如克蕾赫所說的，龍騎士是亞修拉馬共和國的戰士。

他是在決定要討伐魔王之後過了兩年，才被招攬至吉歐拉爾成為三英雄。

換句話說，他至少得再等一年以上才會成為三英雄。他在這個時間點不可能去協助吉歐拉爾王國。

「我聽說亞修拉馬共和國的那名龍騎士，劍術似乎也相當高超。真希望有一天能和他較量一番。」

「還是算了吧，現在的妳等級已經超過200。雙方的狀態值有如天壤之別，就算真的交手也只會一面倒而已。」

「話說起來的確是這樣呢。呵呵，真是傷腦筋。今後假如凱亞爾葛不肯奉陪的話，我甚至都無法好好練劍了。」

若是要切磋技巧，需要彼此的體能在某種程度上勢均力敵。假如狀態值相差過於懸殊，戰鬥本身根本無法成立。

能和現在的克蕾赫認真對決的人，在這世上恐怕只剩我一個人。

「如果妳不嫌棄，我隨時奉陪。畢竟和克蕾赫切磋劍術，我也能從中學到不少。」

「嗯，那就務必麻煩你了。凱亞爾葛在每次比劍之後就會變得越來越強。我也得向你學習才行。」

我們相視而笑。

話說起來，芙蕾雅和艾蓮自從一開始講完話後就始終默不作聲。

今天她們一反常態，莫名地老實。

如果是平常的話，她們倆應該會更積極地加入對話才是。

不過我馬上就知道了理由。

這對姊妹感情要好地一起蹲在地上，拚命忍住嘔吐的感覺。

原來如此，難怪她們會一臉鐵青地冒著冷汗。

「我暈龍了。」

「半規管……我的半規管要炸掉了。凱亞爾葛哥哥，整個世界都在旋轉～」

雖說飛行中有風罩保護，但再怎麼說還是以超高速飛在空中，其實搖得相當厲害。

對於體能並不高的這兩個人來說或許還是太難受了。

從衣服沒有弄髒這點來看，她們似乎是勉強忍住沒在高空中逆噴射。

是說，艾蓮在這種狀態下還在思考運用龍的戰略嗎？

真是個徹頭徹尾的軍師。

「過來這邊，我來幫妳們【恢復】。」

我立刻對兩人使用【恢復】。

「謝謝。」

「多虧凱亞爾葛哥哥，我總算是保住了少女的尊嚴！」

這樣一來就全員到齊了。

「大家，我們先去喝一杯吧。不管怎麼說，我們也已經好一陣子沒品嚐美食與美酒了。要趁能夠享受的時候好好享受一番。」

現場響起了眾人欣喜的聲音。

好啦，快點去酒館吧。畢竟也好久沒來布拉尼可了。

可以的話，今天就多去幾間中意的酒館暢飲一番吧。

龍在夜間的視力很差。

儘管我可以【恢復】體力勉強牠們趕路，但天生的視力缺陷連我也束手無策。

雖說目前時間寶貴，但夜間飛行會有致命的危險，不論如何，今天都無法再繼續前進了。

況且我們累積的疲勞也已經瀕臨極限。畢竟在魔王城無法獲得充足的休息，所以至今依舊殘留著和魔王一戰所受的疲勞。

在這種時候，更需要透過美食與美酒來好好消除內心的疲勞，讓自己在戰場上可以充分發揮實力。

……而且，我也打算順便在酒館蒐集情報。

我想知道一般市民對魔王夏娃有什麼想法，然後在夏娃成為魔王之後，又產生了什麼樣的變化。

第二話 回復術士享受短暫的和平時光

我們來到了世界上唯一一個人類與魔族和平共存的城鎮——布拉尼可。我們所有人一起進入鎮上。

「艾蓮，把兜帽再戴低一點。別讓人看到妳的臉。」

「了解！」

艾蓮按照我的指示盡可能地用兜帽遮住臉龐。

雖說有透過【改良(Heal)】多少改變了她的外貌，但畢竟她的臉依舊會讓人聯想到打算毀滅這個城鎮的諾倫公主。

在布拉尼可仍然有許多人憎恨著諾倫公主。

……儘管只要大肆【改良】她的容貌問題就簡單多了，但我沒那個興趣。

畢竟這樣一來，就沒有辦法那麼深刻地感受到我在玩弄那個諾倫公主。

再說，如果不尊重她以前的相貌，只是照我自己的喜好來重新塑造外表，那就可惜了她原本的美少女長相。況且那樣做會導致長相有股莫名的人工感，無法勾起我的興致。

最重要的是，這違反了我的美學。

「嗯，太好了。布拉尼可好像很和平。這都多虧了凱亞爾葛大人。」

「是啊。我們的戰鬥並不是毫無意義。」

剎那一邊觀察鎮上的狀況一邊發表感想。

我們離開這裡的時候，城鎮本身已經相當殘破不堪，然而他們卻在這麼短的期間內重建了不少。

畢竟這個城鎮所處的地點位在人類與魔族之戰的最前線。

如果站在魔族的角度來看，想來他們也已經很習慣有人在這裡生事了吧。

店主們充滿活力地拉客，來往的人潮也是絡繹不絕。

人類與魔族的關係，並沒有因為諾倫公主的襲擊而遭到破壞，彼此依舊在歡聲笑語。

就在此時，貓獸人型的魔族抱著一捆紙衝到了大街上。

接著他停在廣場的正中央，並大聲說道：

「號外！號外！收到新魔王夏娃大人的後續報導了喔！這是新政權的官方發表！快來買！快來買喔！」

看樣子似乎是個報販。

令人意外的是，人類所帶來的活版印刷技術在布拉尼可蓬勃發展，甚至發展出名為報紙的文化。

人群開始聚集在報販周圍。

看來，大家似乎都對新的魔王政權充滿好奇。

「我很在意他們是怎麼描述夏娃。我也買一份吧。」

「我也贊成。了解世俗的眼光是很重要的一環。」

說出這句話的人是艾蓮。

畢竟她是軍師，自然對蒐集情報相當重視。

於是我從貓獸人手上購買了一份報紙。

不過報紙就待會兒再看吧，現在的首要目的是先去酒館。

我已經決定好今天要去的店。由於那間店生意興隆，要是不快點去占位子可就得等到下次了。

雖然這樣有點沒有規矩，但我打算一邊喝酒一邊悠哉地看報紙。

◇

我造訪的是以前的朋友介紹給我的店。

那傢伙是我在布拉尼可交到的唯一的朋友。

如果那傢伙還活著，或許會趁魔王政權改朝換代之際找到商機，一口氣在商界打響名號。

他是個能力優秀，待人和善的傢伙。要是他還活著，我甚至會想找他出來喝上一杯。

真是失去了一個令人惋惜的傢伙。

此時，艾蓮東張西望地環視店內。

「這間店非常熱鬧呢。」

「是啊，對於大城市的人氣店家來說，這種程度算正常的。艾蓮是第一次來這種店嗎？」

「嗯，因為之前一直沒有這個機會。」

仔細想想，我確實沒帶過艾蓮來這種店。

自從把諾倫公主變成艾蓮之後，我們立刻就離開了布拉尼可。

後來到了黑翼族的聚落，遭到迫害的種族的聚落，然後是魔王城。

我從沒帶她去過已開發的城鎮，自然也沒辦法帶她去優質的酒館。

「趁現在好好奢侈一下吧。要是有喜歡的東西，盡量點沒關係。」

「那麼，我就不客氣了。」

這間店的菜單不僅多，而且沒有一項是地雷。

連酒也盡是上等貨。

我相信艾蓮肯定也會滿意。

雖然她在成員之中和剎那一樣被歸類在年輕的一邊，但她不僅喜歡美酒，也懂得品酒。

讓大家點自己喜歡的東西，可以從中看出每個人的個性，相當有趣。

剎那一邊搖著尾巴，同時盡是點肉類料理。

芙蕾雅點的則是以沙拉和海鮮這類爽口的食物為主。

艾蓮充滿強烈的求知欲，點的都是看起來既有意思又稀奇的食物。

懂得察言觀色的克蕾赫則是看了所有人點的餐點之後，再挑選不足的補上。

「紅蓮，吃飯的時間到嘍。差不多該起來了。要吃大餐嘍。」

小狐狸在我的頭上縮成了一團。或許是因為搭乘飛龍旅行讓她飽受驚嚇，她就像是累癱了似的陷入熟睡之中。

不管我怎麼搖也叫不醒。

最後甚至還用尾巴拍掉我的手，要我別吵她。

所以我也只好放棄，讓她睡在沒人坐的椅子上。

另外幫這傢伙點幾道能外帶的料理好了。

由於吃的東西已經點了足夠的量，所以我點了當地的稀有美酒。

在等餐點來的這段期間，我開始閱讀剛才買的報紙。

「原來如此，新政權的官方聲明不僅內容相當豐富，而且還淺顯易懂。看來他們事前做好了充足的準備。」

寫在報紙上的是有關新魔王夏娃的統治方針。除此之外還記載了許多舉凡稅收制度之類民眾會關心的情報。

和魔王哈克奧時代相較之下，報導統整得有條有理，讓人可以一目了然。

恐怕是執行政治實務的各種族代表在得知夏娃當上魔王之後，馬上就以飛鴿傳書的方式將情報發送到各地的主要城鎮吧。

不過，如果不是在夏娃成為魔王前就事先準備，勢必無法做得如此面面俱到。

我聽說各種族的代表之中有許多人曾為前前任魔王效命，經驗相當豐富，看樣子似乎值得信賴。

不過，也只有他們還站在我們這邊的時候。

「請讓我也拜讀一下。」

「嗯，好啊。」

艾蓮瞇起眼睛，僅花兩三秒就讀完了整份報紙。

因為她會速讀，可以在這幾秒內就把所有內容全都記在腦海。

接著艾蓮低頭沉思，開始思考各方面的可能性。

可以看到她下意識地用手指捲起頭髮繞啊繞的。

這是當她進入高度的專注狀態時會有的動作。

不久，她停下手指的動作。似乎是已經完成考察。

「艾蓮，妳覺得如何？」

「我認為還不壞。雖說『讓所有魔族平等』的這個基本方針容易被敵人扣帽子，但由於這句話本身充滿正當性，應該沒幾個人敢在公開場合抱怨。」

「容易被敵人扣帽子是指什麼意思？」

「對於在魔王哈克奧時代作威作福的種族來說，肯定認為這種方針不是滋味；而一直以來受到迫害，如今總算得到解放的種族，也會認為這次該輪到他們來支配對方，所以會呈現兩邊不討好的局面。如果要追求短期的穩定，我認為最好拉攏其中一方較為妥當，但若是以長期的觀點來看是可行的。問題在於該怎麼控制初期的混亂局面。」

艾蓮的觀點融入了相當強烈的政治思想。

這是我們所沒有的觀點。

「其他部分妳怎麼看？」

「我很在意減稅額度高於前任魔王的這個部分……前任魔王哈克奧並非極端的浪費主義者，我在魔王城時為了打發時間曾翻閱過城裡的文件，才發現他徵收金錢的手段與運用方式都很合理。為了讓新政權站穩腳步，原本就需要撒幣來實施各項政策，要是減稅的話，難保不會自取滅亡。我很擔心那些人並非只是把減稅當作噱頭，而是真心想要這麼做。」

「是啊，他們刪減的應該會是軍隊的維護費用吧。」

畢竟前任魔王軍幾乎是由自己人所組成的。

我不認為新魔王政權會直接運用現有的軍隊。

「雖說這是直覺，但我不認為只有這樣。基本上我也知道夏娃提倡所有種族平等共存，但底下的人卻允許透過官方發表讓每個城鎮廣為周知，這點實在不合邏輯。畢竟現在掌握實權的人盡是以前飽受欺凌的種族，照理來說應該會更加反對這件事……我認為最好快點回到魔王城。對夏娃而言，真正的敵人或許是她身邊的人。」

關於這點我也是相同意見。

正因如此，我才會安排加洛爾和拉碧絲陪在夏娃身邊。

「必須快點回去才行。為了夏娃，我們也得盡快解決該做的事情。」

要傷害夏娃絕非易事，畢竟成為魔王的她擁有壓倒性的力量，而且還能下達讓人絕對服從的命令。

但即使如此也存在著危險。我想陪在她身邊。

當我思考這個問題時，酒與料理便被端上了餐桌。

這股誘人的香氣，誘使剎那的肚子發出了咕嚕咕嚕的叫聲。

「……凱亞爾葛大人，對不起。」

剎那的臉染上一層紅暈，看起來相當害臊。

「不用在意，總之先乾杯吧。大家，把酒杯拿起來。」

她們每個人都舉起了各自點的酒。

「乾杯！」

我們互相碰杯響起清脆聲響，宴會就此開始。

……這一頓姑且也算是慶祝我們討伐魔王。

以討伐魔王的功勞來說稍稍有些寒酸，但在有美酒佳餚的店家，不須顧慮他人只與同伴一起慶祝也不錯。

聽說一旦回到魔王城，就會把我們視為英雄召開盛大的宴會，大舉慶祝一番，但那樣感覺會相當勞神費力。

◇

「這個叫庫爾那拉的料理好有趣。剎那很中意這個。」

「我也很喜歡。能配合自己的喜好做料理真的很有意思呢。」

我點的一道名叫庫爾那拉的料理，似乎讓剎那與芙蕾雅相當中意。

那是由自己在一塊薄皮麵包上放上食材，淋上喜歡的醬汁大塊朵頤的料理。

食材的種類繁多，有炒過的絞肉或是海鮮，番茄之類的蔬菜以及起司等等。

可以照自己的喜好做各種搭配。

我喜歡的組合方式是搭配炒羊肉、番茄以及起司，再淋上辣醬。

芙蕾雅是搭配海鮮、酪梨以及生菜再淋上甜醬。

剎那則出乎意料的是以牛、豬以及羊肉再加上起司，讓上面只擺滿了動物性蛋白質食材之後，再淋上帶有酸味的醬汁……光是看著就飽了。

真不愧是冰狼族。

「凱亞爾葛哥哥，請看。這邊的料理也很美味喔！」

艾蓮把紅色的筒狀料理遞到了我的嘴邊。

上面沾著大量的起司。

「的確很好吃呢。」

可以感覺出這是道精緻的料理。

似乎是把雞肉裹在薄皮麵包裡，再用番茄汁去燉煮，之後再灑上起司放到烤箱裡面烤。

溼潤的口感相當不錯，而且歸功於先用麵包裹起來之後再經過燉煮的這道手續，讓麵包和食材呈現出一體感。

「這邊的歐姆蛋也很出色。蛋本身相當入味，非常好吃。」

「……哦，這也很有意思。不是淋上醬汁而是把湯攪進蛋裡面再去烤啊。」

克蕾赫中意的，是把蛋打散之後加入食材和湯攪拌，再拿去烤的歐姆蛋。

由於湯的完成度相當出色，讓味道很有深度，吃起來很順口。

雖說這間店已經來過幾次了，但總是讓我感到驚喜。

而且還備有不錯的當地美酒，讓原本就很美味的料理吃起來更加開心。真想再來光顧。

吃著吃著，店裡也已經擠滿了客人。

周圍開始陸續出現醉漢。魔族和人類搭著彼此的肩膀站了起來，放聲大喊：

「新魔王夏娃政權萬歲！」

「這下子就更容易做生意了！」

客人們一邊看著報紙，同時炒熱著氣氛。

他們似乎是商人，新魔王政權的公告之中，也有提及今後將能自由販賣部分由魔族獨家販售的商品。

商人們個個滿臉通紅，對新魔王政權闡述自己的意見。

看樣子，基本上似乎是期待感更勝一籌。

是因為魔王哈克奧採取專制主義，所以才會造成這股反動吧。

「最近，那群黑騎士好像也出沒在這附近的道路了。聽說被那群傢伙襲擊的人也會變成黑騎士，然後再製作出下一批黑騎士呢。」

「那什麼不三不四的鬼故事啊。嘎哈哈哈哈，你該不會信以為真了吧？」

「我也以為是騙人的，但親眼目睹的人好像還不少喔。」

儘管他們當作笑話帶過，但是我對他們口中的黑騎士有頭緒。

假如剛才的對話屬實，代表事情將會不可收拾。

……畢竟，我曾認為能創造出黑騎士的，就只有吉歐拉爾王所使喚的存在。

但要是黑騎士擁有把生物轉變為黑騎士的力量，黑騎士就會以指數函數的倍率爆增。

屆時將沒人能阻止那種東西。

老實說，世界很有可能因此滅亡。

我姑且把這件事記在腦海的一隅，並把意識移回剎那等人身上。

眼前料理已經慢慢被清空。由於分量十分驚人，所以大家都差不多已經填飽肚子，似乎沒有再加點的必要。

於是我讓所有人點自己喜歡的甜點。

畢竟女孩子就是喜歡甜食，大家的眼睛都閃閃發亮，點了各自想吃的甜點。

「下次再找夏娃一起來吧。」

「嗯。只有她被排除在外太可憐了。」

「說得對，畢竟這間店的食物這麼好吃嘛。」

「凱亞爾葛哥哥真溫柔！」

「要不要外帶伴手禮之類的回去呢？」

剎那等人點頭贊成。

成為魔王的夏娃，今後應該不好在這種大眾餐廳拋頭露面。

但是，如果是我的話就能設法處理。

雖說今天相當愉快，但要是夏娃也一起的話肯定會更加快樂。

◇

我們飽餐一頓之後，便往旅社移動。

這次我砸下重本，租了間寬敞且優質的房間。

而且還付了額外費用，拿到了大量的熱水清潔身體。

今天除了美味的飯菜之外，也該來享受一直沒有機會進行的娛樂活動。

我脫掉衣服。

「來，大家也脫下衣服吧。最近一直沒有好好疼愛妳們。今天就一次疼愛所有人吧。」

「凱亞爾葛大人，剎那好開心。」

「其實我的身體一直都很火燙。」

「請你要盡情疼愛我喔，凱亞爾葛哥哥。」

「所有人一起啊，實在很難為情呢。」

最近甚至連做這檔事的空間都沒有。

我為了挖角輔助夏娃的成員，有一晚曾偷溜出去，當時曾和星兔族的拉碧絲相愛宣洩了積累的精力。

不過剎那她們似乎也忍耐了很久。

還要按照順序就太可憐了。就讓我一次滿足所有人吧。

剎那等人羞澀地脫下了衣物。

然而，臉上的表情卻充滿了對這之後的行為抱有的期待。身體似乎也已經準備好了。

擁有截然不同個性的美少女並排在一起，這場面實在壯觀。

實在太讓人興奮了。

……要同時疼愛四個人，或許就連我都會感到吃力。

但是，我的女人們如此地渴求著我的疼愛。

如果是今天的我，應該有辦法同時滿足所有人吧。

第三話 回復術士從天而降

在令人懷念的布拉尼可度過了一晚。

入住了寬敞又清潔的旅社，發揮我的性技疼愛了所有人。

同時應付四個人，體力上確實有些不堪負荷，但做完後十分爽快，幸好有這麼做。

現在大家睡得很熟。

美少女全裸入睡的場景實在是美如畫。

順帶一提，在我們彼此相愛的途中，結束漫長午覺的紅蓮醒來後擺出一副事不關己的模樣，只是在旁邊一股勁地吃著我們打包回來的料理。

……能對我們的魚水交歡視若無睹，某種意義上來說還真是厲害。

後來或許是因為吃飽了，她移動到床邊縮成一團，繼續睡起了回籠覺。

我觀賞了所有人的睡臉之後，親吻了她們。

接著，我挺起身子穿好衣服。

「在出發之前，還有一件要事得解決」。

我留下字條後便移動到外頭。

離開布拉尼可之前，我想事先蒐集更多的情報。

在和龍騎士們會合之前把事情辦妥吧。

◇

這裡不愧是商業發達的城鎮，鎮上的居民相當早起。

我一邊隨意購物，同時向店主詢問了兩三個問題。

我想問的，是昨晚在酒館也有耳聞的黑騎士相關消息。

而且也在這裡蒐集到了比預想中更多的情報。

雖說幾乎都是些可信度很低的小道消息，但是不僅有多人目擊，各自的情報也沒有太大的矛盾，我認為應該不是空穴來風。

據說是直到近期，目擊的案例才開始增加。

只是，我實在不明白吉歐拉爾王的目的。

從打聽到的消息聽來，黑騎士也不過和放開韁繩四處暴衝的馬沒兩樣。

「……這樣啊，目的是大鬧一場嗎？」

傳聞中提及黑騎士會將遭他襲擊的對象也變成黑騎士。

如果目的是為了增加黑騎士的人數，自然就合乎邏輯了。

輪到下一個問題。

吉歐拉爾王國為何不惜使用如此強硬的手段也要補充戰力？

如果創造黑騎士的力量是從魔王那邊得來的，一旦穿幫就會被視為人類的敵人，到時不僅是其他國家，甚至還會與國內的人民為敵。

正常人根本不會做出這種事

但他明知會有這種結果，還不惜使用強硬的手段增加戰力，代表只有一種可能。就是準備開戰。

他估計無論手段再怎麼強硬，樹立再多敵人，自己最終仍舊會贏得勝利。

假如增加黑騎士人數的目的是為了開戰，打倒吉歐拉爾王一事就越是刻不容緩。

一旦引發戰爭，到時不論人類、魔族還是魔物，勢必都會血流成河。

雖說素不相識的他人就算死再多也與我無關，但經過漫長的旅途之後，我在各地也結識了不少熟人。

更重要的是，我不想讓夏娃難過。

「小哥，這個送你。」

「謝謝你，不好意思啊。」

告訴我這些情報的蔬果店大嬸丟了顆蘋果給我。

真是個好人。

失。

布拉尼可是不錯的城鎮。既有美味的酒館，也有親切的民眾。可以的話我不希望這裡消失。

為此，我也得盡快結束復仇。

只要毀滅吉歐拉爾王國，打倒吉歐拉爾王與【砲】之勇者布列特，自然就能看到漫長的復仇之旅的終點。

要是能在復仇的同時順便讓世界和平，當然是再好不過。

◇

我採買完東西並蒐集完情報，然後回到旅社，和剎那等人在餐廳享用了早餐。

畢竟昨天徹底地疼愛了她們一番，原本以為她們會相當疲累，但看起來卻是精神奕奕。

不如說肌膚變得更有光澤，臉上總是掛著笑容。

想必她們之前也欲求不滿了好一段時間，久違的性事達到了滋潤的效果。

仔細想想，我這次沒有疼愛到待在魔王城的夏娃。等回到魔王城再和她大戰一整天好了。

我們享用了餐後的紅茶，並品嚐了我在蒐集情報之餘買來的點心和水果。

「凱亞爾葛大人，時間差不多了。」

剎那看了看懷錶後出聲提醒。

「已經這麼晚了啊。那我們走吧，要是讓他們等就不好意思了。」

那兩名龍騎士非常盡忠職守，可不能辜負他們。

離開旅社時，我領取了昨天事先拜託店家準備的便當與酒。

這是要送給龍騎士他們的慰勞品。

他們昨晚和龍一起在森林野營。

儘管有攜帶糧食，但肯定還是會想品嚐美味的飯菜。

他們無法像我們一樣待在布拉尼可放鬆，那麼至少要讓他們得到一些心靈上的滋潤。

◇

我們與龍騎士會合之後，再次享受空中之旅。

龍騎士的騎術精湛，他們能一邊駕著飛龍一邊享用便當，還心情大好地說了聲：「這真好吃！」

和之前相同，我們的成員分別坐在兩頭龍上，這邊是我、紅蓮以及剎那，另外一邊則是芙蕾雅、克蕾赫以及艾蓮。

紅蓮還是老樣子，維持狐耳美少女型態緊緊抓著我。

「妳也差不多該習慣了吧？」

「唔，怎麼可能習慣的說！摔下去會死的說！」

紅蓮邊把臉貼在我的背後邊抱怨。

「那乾脆變回小狐狸模樣躲在我的背包裡面吧？只要在裡面塞滿緩衝物，就算摔下去或許也不會死。」

「真是好主意的說！紅蓮馬上在包包裡塞滿緩衝物的說！」

「別那麼猴急，得等到了拉納利塔之後再說吧。不過，要是紅蓮有勇氣立刻鬆手，然後變身鑽進背包的話倒是另當別論。」

「紅蓮會忍耐的說……」

紅蓮害怕到連一秒都不能放開我的手。

要她變身再移動到背包裡根本是痴人說夢。

轉眼間，飛龍的飛行距離就已經超越我們之前花上好幾天旅行的距離了。

幸好有讓夏娃安排我們乘坐飛龍。

要是不坐飛龍，肯定體驗不到這種暢快的滋味。

此時，下方開始呈現出我們熟悉的景色。

「凱亞爾葛大人，我們馬上就要到了。」

龍騎士出聲向我搭話。

「是啊。」

雖說布拉尼可是不錯的城鎮，但拉納利塔也不遑多讓。
不論好壞意義，拉納利塔是個崇尚著自由的城鎮。
是個容納一切善惡，藉此促進繁榮的混沌城鎮。
我在那裡遇見了剎那。
老實說運氣很好。
畢竟像剎那如此上等的奴隸可是相當難到手的。
差不多快看見拉納利塔了吧。
當我這麼認為的時候——
「拉納利塔燒起來了？」
黑煙冉冉升起不斷擴散，整片大地都染成了赤紅。
難道發生戰爭了？
拉納利塔是隸屬於吉歐拉爾王國的城鎮。
根本不會有人類的城鎮敢挑釁擁有壓倒性力量的吉歐拉爾王國。
更何況拉納利塔主張弱肉強食。
歸功於自己的安全由自己保護的這項規矩，在這裡的有錢人擁有私人軍隊，再加上當地自由的氛圍，吸引了許多實力堅強的高等級冒險者，所以城鎮的戰力絕不在話下。
到底是哪個不要命的傢伙敢向拉納利塔宣戰？

飛龍逐漸靠近拉納利塔。

我發動【翡翠眼】強化視力，觀察狀況。

於是，我發現守護城鎮的防壁已遭到破壞，成群的黑騎士一窩蜂地從該處殺進鎮內，到處作亂。

拉納利塔的居民正在拚命抵抗。

「為什麼吉歐拉爾王國會攻擊拉納利塔？那不是自己國家的城鎮嗎？」

……既然黑騎士在場，代表襲擊的是吉歐拉爾王國。

事實上，黑騎士是前衛，擔任後方部隊的弓箭手以及魔術士們都配戴著刻有吉歐拉爾王國徽章的裝備。

「再繼續靠近會有危險。」

「計畫有變。我們不靠近拉納利塔，而是以迂迴方式避開直接朝吉歐拉爾王國前進。能把這件事也傳達給另一邊嗎？」

「可以！」

龍騎士打了信號過去，然後另外一名龍騎士便點頭表示收到。

如果是我們的話或許能拯救拉納利塔，但是比起這件事，更重要的是要在【賢者之石】送達王國之前，搶先收拾吉歐拉爾王。

要是他使用【賢者之石】發動禁咒，一切就完了。

兩頭飛龍在空中盤旋。

這使得紅蓮更加使勁地抱住我。

然後，狀況發生了。

以魔術強化過後的飛箭，以普通的弓無法辦到的速度與軌道朝我們射了過來。

儘管我們乘坐的飛龍華麗地閃過攻擊，但芙蕾雅她們乘坐的飛龍卻遭到弓箭貫穿翅膀。

明明光是能射到這個高度就已經非比尋常，甚至還能貫穿比鋼鐵還硬的龍種翅膀，根本就是異常。

剛才放箭的那名弓箭手，說不定能與三英雄匹敵。

芙蕾雅他們乘坐的龍慢慢下降了高度。

龍騎士扭曲表情並開口說道：

「哎啊，真可憐。翅膀開了那麼大的洞，那傢伙再也沒辦法飛了。」

「我去救援他們。用我的【恢復】就能治癒飛龍讓牠繼續飛行。你先拉開距離在旁邊待命。等到我治好飛龍之後，你就向另一個龍騎士發出信號。你們應該有遇到緊急狀況時用的求救信號吧？」

「當然有，不過問題在於目前的高度，既然有可能受到弓箭襲擊，再繼續下降勢必會有風險。」

「沒問題。我直接跳下去。剎那，跟我來。」

「嗯，凱亞爾葛大人。」

我用公主抱抱起剎那。當我在飛龍身上站起身子之後，紅蓮就發出了慘叫。

她淚眼汪汪地使勁抓住我的背後。

「我去去就回來，待會兒再麻煩你來接我們。」

我向龍騎士打了招呼之後，便一躍而下。

「呀啊啊啊啊啊啊啊啊啊啊啊啊啊啊啊啊啊啊啊啊啊啊啊啊啊啊啊啊啊啊啊啊啊啊啊啊！會死，會死掉的說！不可以自殺的說！如果主人無論如何都要這麼做，就一個人去死喔喔喔喔喔喔喔喔喔喔！」

「嗯！好吵！紅蓮，不安靜點會咬到舌頭。」

真是的，被擺了一道。

畢竟我不能把芙蕾雅、艾蓮還有克蕾赫丟在這裡。

雖說會損失掉大半的時間，我依舊得去救她們。

……往積極的方向思考吧。既然是實力足以貫穿飛龍翅膀的高手，應該掌握了某種程度的情報。就好好地回報他這份大禮，並奪得情報吧。

吉歐拉爾王國究竟在打什麼主意，才會做出和拉納利塔開戰的這種莫名其妙的判斷。

要是不搞清楚這點，感覺會被他們趁虛而入。

「要撞上了喔喔喔喔喔喔喔！」

紅蓮發出慘叫。

差不多快到地面了。我在要撞擊到地面的瞬間用爆裂魔法打向地面，讓動能互相抵銷。

雖然作為魔術起點的手臂被整個壓爛，但除此之外並沒有外傷。

「我不是說過沒問題了嗎？」

「嗯，不愧是凱亞爾葛大人。」

「壽命都縮短了的說……」

我立刻對報銷的手臂使用【恢復】，並把剎那和紅蓮放到地上，然後開始往前狂奔。

大家，妳們一定要平安無事啊。

第四話 回復術士穿越箭雨

按照當初的預定，今天原本要在拉納利塔悠哉度過一晚，明天再殺進吉歐拉爾王國。

然而，拉納利塔卻遭到吉歐拉爾王國軍的襲擊，如今已化為一片火海。

這件事實在是疑點重重。

首先，吉歐拉爾王國襲擊自己國家的城鎮拉納利塔這件事本身就很奇怪。

再來，受到瘴氣侵蝕的黑騎士與正規軍合作的這種狀況也相當異常。

黑騎士的存在應該是機密事項。

既然他們彼此協力，代表吉歐拉爾王國公開了這件事。

為什麼他們能輕易就接納如此不祥又毛骨悚然的存在？

難道他們不害怕自己也被變成黑騎士嗎？

或者說吉歐拉爾王國隱瞞了材料是人類的這個事實？

「我死也不想變成那副德性。」

一旦遭到黑色瘴氣侵蝕就能獲得不死性，體能也會獲得提升。

但代價卻是失去理性，成為國王操控的傀儡。

這比死更加難受。
儘管存在著【砲】之勇者布列特這樣的例外，但不能保證他們也能成為例外之一。
所以一般而言，會選擇在被變成黑騎士之前逃之夭夭。
……然而，吉歐拉爾軍卻沒有做出合乎邏輯的選擇。
不僅如此，他們甚至還協助那些怪物一同作戰。
「真是的，事情怎麼變得這麼麻煩。」
黑騎士的弱點是沒有思考能力，只能執行單純的作戰計畫，但如今卻透過正規軍的協助填補了這項缺點。
我嘖了一聲，並衝向芙蕾雅等人乘坐的飛龍墜落的地點。
何況麻煩的不只是黑騎士。
戰場還存在著一名本領高超的弓箭手。
那個人射出以魔力強化過後的箭，擊穿了芙蕾雅等人乘坐的飛龍翅膀。
一般的箭根本無法觸及我們剛才身處的高空，然而他不僅能攻擊到我們，甚至還用被地心引力衰減過後的威力貫穿龍種的堅固防禦，可以想見絕非普通人物。
威脅程度不下勇者。
就算有克蕾赫與芙蕾雅在場或許也有危險。
因為弓箭手對她們而言是不好對付的敵人。

克蕾赫沒有遠距離攻擊的手段；而對方能以弓箭射下飛龍，代表他能夠從芙蕾雅的魔術攻擊範圍外發動攻擊。

我不認為芙蕾雅能擋下以超音速襲來的箭矢。

當我抵達現場，戰鬥已經開始了。

克蕾赫不斷地揮舞著手中的劍。

她每次揮劍都會發出堅硬的撞擊聲，被擊落的弓箭便會散落在周圍。

她正在砍落一次又一次飛來的箭矢。

沒有看到弓箭手的身影。她們正遭到單方面的遠距離攻擊。

如果在一般狀況下，克蕾赫會朝向箭矢飛來的方向一邊突進一邊砍落攻擊藉此拉近距離。

然而她現在卻無法這麼做。

因為背後有受傷的龍、芙蕾雅以及艾蓮。

要是克蕾赫離開那個地方，想必弓箭手就會把剩下來的成員全都殺了。

距離如此遙遠，芙蕾雅的魔術也無法攻擊到對方。

所以，她只能貫徹防衛戰。

劈落以超音速射來的飛箭是超乎常人的絕技，勢必得讓克蕾赫全神貫注。

但要是她再繼續消耗體力，早晚都會擋不了飛箭。

一旦繼續纏鬥下去，弓箭手獲勝的可能性很高。

不僅如此，還有大批的黑騎士正緩緩地逼近她們。

「不過，真可惜啊。」

既然有我這個援軍出現，此時此刻弓箭手獲勝的機會已不復存在。

我把力量集中在【翡翠眼】，凝視箭矢飛來的方向。

透過超強化的視力與動態視力逆推弓箭的軌道，找出射手的位置。

真有意思，箭竟然來自七百二十公尺遠的位置。

實在是有夠誇張的距離。

芙蕾雅的最大射程高達五百公尺，但對方的攻擊距離甚至在她之上。

也難怪芙蕾雅沒辦法反擊。

一般來說只是單純射出去的話，弓箭的射程頂多兩百公尺。

然而對手卻以三倍以上的距離進行精密射擊，人類根本不可能辦到。

「剎那，妳去和克蕾赫她們會合。那群黑騎士正在逼近她們。就算是克蕾赫，也不可能在擊落飛箭的同時應付那群黑騎士。」

如同我準備收拾弓箭手般，對方也採取了應對措施。

有約莫十個黑騎士朝著克蕾赫她們走去。

那些傢伙是殺不死的不死之身。

克蕾赫現在光是應付飛箭就已分身乏術，就算是她也可能難以招架。

但是，我已經證實過可以把他們凍成冰塊封住行動。既有能力保護自己不受弓箭手擊傷，也不會扯克蕾赫後腿，能自在地操縱冰的剎那，可說是最強的援軍。

「嗯，交給剎那。」

我和剎那兵分二路。

「主人，紅蓮該做什麼的說？」

「妳繼續抓住我。畢竟我們現在要前往的地方將會有為數不少的黑騎士。我需要妳的力量。」

射手所在的位置在後方部隊的更後面，那邊除了為數眾多的弓箭手與魔術士之外，還有負責護衛的大批黑騎士。人數恐怕不下一二十個。

要讓射手失去戰鬥能力，得先突破眼前的那道肉牆。

如果只有幾個黑騎士，我還能用【改惡(Heal)】不管三七二十一殺入敵陣，但要應付那麼多人會很棘手。

所以我需要紅蓮的火焰。

「知道了的說。紅蓮會用神獸的聖火，淨化那群臭氣薰天的傢伙的說！垃圾就該扔進垃圾桶！的說！」

「喂，紅蓮，自己說神獸的聖火什麼的，妳不會覺得難為情嗎？」

「……這……這是事實的說！主人好囉唆的說！」

算了，先不管這些小細節。

我拔出佩劍。

紅蓮來回搖著尾巴。看樣子她正在鼓起幹勁。

然後，我的劍上纏繞了紅蓮的火焰。

要是以這把附加淨化之焰的劍砍下，就算是不死之身的黑騎士也會一命嗚呼。

我與射手的距離拉近到只剩兩百公尺。

「主人，感覺有好多好多的飛箭與魔法射過來了的說！」

「我想也是。」

既然我試圖單槍匹馬突擊後方部隊，會受到這種款待也在預料之中。

「熟練度還不錯啊。」

而且，還是使出渾身解數，對單一個人使出最大限度的攻擊。

他們持續忍到獵物進入有效射程之後，再萬箭擊發同時射擊。

讓我有點佩服啊。

這件事非常難辦到。

一般來說，在團體中總是會有害群之馬，因為一時急躁而在目標進入有效射程範圍之前便發動攻擊；或者是因為對手只有一人而疏忽大意，不願全力以赴。

然而，敵人卻做出了正確的判斷。一絲不苟地吸引敵方靠近後再全力進行攻擊。

不這樣的話就沒意思了。

「主人，要死掉了的說！」

「不要緊，我看得一清二楚。」

【翡翠眼】旁邊的另一只眼睛發出光芒。這是我從神鳥那得到的【刻視眼】。

這只眼睛的能力會讓我看到幾秒鐘之後的未來。

我看得見飛箭與魔法擊中的地點。

此時我的眼裡映出一切都遭到破壞的景象。要完全迴避是不可能的。因此我挺進身軀，張開防禦結界衝向攻擊相對薄弱的地方，並緊緊抱著紅蓮保護著她。

攻擊命中我了，一股驚人的衝擊流竄全身。

但是，還遠遠算不上致命傷。

我成功地撐過這波攻勢，把傷害壓到最低。

「咳咳、咳咳！主人應該要更完美地躲開的說！」

「我已經盡最大努力了。剛才也是經過計算才得到最正確的突進位置。」

只要能看見未來，等級超過２００的敏捷性自然能夠對應任何狀況。

我稍微歪過脖子，原本要射中眼睛的箭就這樣從旁飛過。

這擊的速度超過音速，而且注入其中的龐大魔力足以致我於死。

是擊落飛龍的弓箭手射的箭。

太誇張了。

大規模的破壞捲起了沙塵與煙霧，讓敵我雙方的能見度都趨近於零，因此我也緩解了緊張情緒暫時休息。

然而他卻瞄準這一瞬間的破綻，朝我的要害射出一箭。

而且還是瞄準眼球的定點射擊，人類根本無法辦到。

要是我沒用【刻視眼】看見未來的話，八成已經中招了。

這讓我對那個弓箭手更有興趣了。

真不知道那傢伙到底是什麼人？

……可以的話，我希望是女人。

如果還長得漂亮的話就無可挑剔了。

都是因為這傢伙害我們得推延抵達吉歐拉爾王國的時間。

克蕾赫、芙蕾雅以及艾蓮也因此身陷險境。

甚至連陪伴我們這趟旅程的飛龍都被打傷了。牠明明那麼可愛。

實在是不可原諒。

所以這傢伙是我的復仇對象。反正都要復仇，當然是女的比較有樂趣。

我閃過接二連三飛來的箭矢。

不僅每一擊都超越了音速，甚至還瞄準了我意識上的死角。

力。

非但如此，攻擊也不趨於單調。每一箭都有不同的巧思。

明明煙霧應該遮蔽了她的視線才對。

真是教人嘆為觀止的驚人技術。

「只可惜你挑錯對手了。」

我能看見未來，區區飛箭根本射不中我。

這傢伙根本拿我沒辦法。

除了看得見卻躲不掉的超廣範圍攻擊以外，都不可能捕捉到現在的我。

過了不久，蔽天濃煙緩緩散去。

除了那名弓箭手以外肯定都以為確實殺死我了吧？因為我現在接近到他們只離五十公尺。

敵方集團開始產生動搖。

唯獨沒有感情與思考能力的黑騎士們立即做出反應朝我殺了過來。

「少瞧不起人了啊啊啊啊啊啊啊啊啊啊啊啊啊！」

我故意讓自己任憑衝動宣洩暴力行為。

我用【改良】修改了自己的狀態值，變更為捨棄防禦的超攻擊型狀態。

只要有【刻視眼】與我的速度，黑騎士零星的支援攻擊根本打不中我，自然不需要防禦

雖說我無法閃開超廣範圍的攻擊，但我距離他們如此接近，想必他們沒辦法連自己人也一

起轟炸。

即使他們真的這麼做，對我也不會造成致命的打擊。

所以我捨棄了防禦，隨心所欲地大殺四方。

每當我的劍砍入黑騎士體內，他們不會被砍斷，而是直接粉碎，血肉四濺。

由於我的臂力實在太強，每一刀都超越了音速，讓周圍發生音爆現象，就算劍沒有直接命中也有辦法轟殺敵人。

真有意思。雖然我不明白其中原理，但每當我以纏繞淨化之焰的劍引發音爆現象時，這股衝擊甚至會夾帶火焰。

這是因為等級超越200的狀態值集中在攻擊力後所造成的不合理現象。

一旦被纏繞著紅蓮聖火的劍擊中，就連那些黑騎士也會被剝奪不死性而一刀斃命。

雖然不時會有飛箭和魔法飛來，但我以最小動作躲開了一切攻擊。

儘管他們巧妙地擺出陣形擋住我的逃脫路線，但我的肌力和速度甚至能比擬超大型魔物。

區區幾個人類形成的人牆根本無法阻擋我。

我不假思索地強行突破，一旦被我撞到便會直接彈飛。

真是讓人不由得想笑啊。

這根本稱不上戰鬥，而是虐殺。

「你在哪裡啊啊啊啊啊啊啊啊啊啊啊啊啊啊啊啊啊啊啊啊啊啊啊啊！弓箭手啊啊啊啊啊啊啊啊啊啊啊啊啊啊啊啊！別給我逃跑，快出來！」

由於戰局混亂加上我一時興奮，不小心看丟了弓箭手。

算了，只要把礙事的人全殺了自然能輕易找到。

我開始殺死進入視線的一切生物。

以纏繞著淨化之焰的劍斬殺黑騎士，空手解決魔法師或是雜碎等級的弓箭手。

第五把劍也斷了。

由於淨化之焰的傷害加上我粗魯的對待，手上的武器頂多只能揮個兩三刀。

但我並沒有因此而傷腦筋。

因為到處都是屍體，想拿多少就拿多少。

「紅蓮，淨化之焰的附加速度變慢了喔。」

「不要勉強紅蓮的說！其實這很累人的說！主人太會用壞了的說！」

每次只要劍一折斷，負責把火焰纏繞在劍上的紅蓮就會開始大發牢騷。

不過，會壞掉也是沒辦法的事。

劍為什麼會這麼脆弱呢？

真希望有一把不論怎麼胡亂使用也不會壞掉的劍啊。

我不斷地殺，殺，破壞，破壞，將一切毀壞殆盡。

敵人的數量迅速減少。到了最後，連一個人也沒有留下。

真奇怪。那個本領高強的弓箭手不在這裡。

難道是在我大鬧一番時順手殺掉了嗎？糟糕，這樣就只是殺戮而已。以復仇來說實在再差勁不過。

我興奮過頭了，得反省才行。

而且也消耗了不少體力，【刻視眼】也要到極限了。

先解除吧。這樣只會同時消耗精神力與體力。

我把狀態值從超攻擊型態切換回平衡模式。

然而就在下一瞬間，我的額頭與右胸中箭了。

真危險啊。幸虧我有先把狀態值切換為平衡模式，箭矢沒有刺到深處，要是還依舊保持超攻擊型態可是會造成致命傷的。我拔出箭後，血也隨著噴湧而出。

對方應該不清楚我有【刻視眼】這個能力。

但是，他卻看出了某種端倪，判斷在這個能力發動的期間無法對我造成傷害，而且還進一步透過我身上氛圍的變化，察覺到我剛才解除了這項能力。

雖說是敵人，但著實讓人敬佩。

我很喜歡這種做事仔細的傢伙。

內心湧起了一股近似尊敬的情感。

「真不愧是職業的。」

還很周到地塗上了致死性的毒素。假如不是我對毒有抗性的話早已當場死亡。

嗯，他辦事果然很嚴謹。

我在衝刺的過程中透過神甲蓋歐爾基烏斯的【自動恢復】治癒了傷口。

在箭矢直擊的同時，我也用【翡翠眼】捕捉到了敵人的身影。

儘管對方堅守狙擊手的原則，在狙擊之後立刻改變了場所，但並沒有辦法甩開我。

眼前已經沒有煩人的牆壁。

從現在開始，我連一秒也不會把目光從敵人身上移開。

箭矢一發接一發地射了過來。

距離如此接近，連我也無法躲開以超音速射出的箭。

但是，我沒有必要躲開。

我只保護好可能會導致致命傷的部位，再靠著敏捷性縮短距離。

我不在乎究竟有多少箭射中我。

只要不會當場死亡，我就能靠【自動恢復】治癒傷口。

現在已經能清楚看到敵人的身影了。

是個紅頭髮的女人。儘管她用一塊布遮住長相，但毫無疑問是個女人。

這樣一來復仇起來就更有價值了
不久之後，雙方的距離終於變為零。
我以左手使勁抓住她的脖子把人抬起，然後再重重摔到地面將她按倒在地。
「嘎哈！」
女人因為這個衝擊而鬆開了手上的弓。
我順便用空著的右手錯開她兩肩的關節。這樣一來她便無力反擊了。
「呀啊啊啊啊啊啊啊啊啊啊啊啊啊啊啊啊！」
她用可愛的聲音發出慘叫。
好啦，該讓我看看妳的長相了。
我扯下她纏在臉上的布。
外表大約二十五六歲，是個十分標緻的美女。
然而我卻感到似曾相識。我以前肯定曾在哪看過這對眼神。
會讓人聯想到猛禽類的銳利眼睛。立體又凜然的五官。
「【癒】之勇者凱亞爾，你是我的殺父仇人！我要殺了你！」
噢，我想起來了。
是三英雄之一的【鷹眼】。
他們有著相同的眼神，再加上如此精湛的弓術。肯定錯不了。

話說，她為什麼知道我就是【癒】之勇者？算了，這根本無關緊要。只要用【恢復】複製這傢伙的記憶與經驗自然能夠明白。

「是嗎，妳是【鷹眼】的女兒啊。」

「父親不可能會輸給你這種人。你肯定是使用了下三濫的手段！我絕對不會原諒你！」

「下三濫的手段？我不懂妳的意思。我的確殺了【鷹眼】，但那不過是在戰爭中光明正大戰鬥的結果罷了。」

「你說謊！」

「算了，不論妳信還是不信都無關緊要。回答我，這陣騷動究竟是怎麼回事？為什麼吉歐拉爾軍在襲擊拉納利塔？妳又是為什麼要擊落飛龍？」

「……憑什麼要我回答你？」

「我想也是。算了，其實無所謂。就算妳不肯回答，要逼妳就範的手段要多少有多少。啊嘻嘻嘻，真是好久沒有對女人復仇了。實在教人興奮啊。」

和剎那等人大玩充滿愛的性交是不錯，但把女人壓倒在地上強暴果然也不壞。

最近不管是和拉碧絲還是剎那她們都老是搞純愛那套，其實也有些膩了。

「齷齪的傢伙！」

「罵我下三濫之後是罵齷齪啊。妳的眼神真不錯呢。對憎恨我的傢伙反將一軍，這種感覺實在讓人莫名興奮啊。正因為我了解對復仇的渴望，所以踐踏它，凌辱它可以讓我更加亢奮。

該怎麼說呢，我無法用言語來表達現在的心情。但我唯一能說的，就是得感謝【鷹眼】才行。我能享受到這樣的樂趣，都得歸功於那傢伙。」

既然是燃燒著復仇怒火的同道中人，我也想盡可能助她一臂之力，但既然對我抱有恨意，我自然不會手下留情。

這就是所謂沒有同情的價值。所以，連她的這股恨意都會被我當成催化劑，連同她造成困擾的那筆帳一起償還。

或許是對我的話感到氣憤，【鷹眼】的女兒淚流滿面，並開始大鬧起來。

但是，弓箭手在這個距離被人按倒在地，也只能坐以待斃了。

我揍了兩三拳讓她安靜之後，扒下了她的衣服，她便發出了純潔少女特有的叫聲。

喔喔，從這反應來看是處女吧。

這讓復仇更有樂趣了。

好啦～該下藥嘍。

「呃，該怎麼說呢。妳似乎因為父親被殺而憎恨著我，但妳的恨意究竟能堅持到什麼時候呢？我接著要給妳服下一顆會愛上我的藥。」

我從袋子裡面取出了特製的媚藥。

這是最新作品。

這顆藥可不只是能帶來快樂並增幅性慾。我還是第一次對人類使用，真令人期待啊。

此時，被我制伏的女人突然吐血。

看樣子她咬斷了舌頭。

原來如此，與其被我為所欲為，不如選擇一死還比較快活嗎？

儘管會這麼說的人多如繁星，但會真的尋死的人並不多見。

然而不幸的是，在她眼前的人是個回復術士。

「我怎麼可能允許妳自殺呢？」

她根本不可能在我面前搞自殺這種花招。

我立刻使用【恢復】。

「為什麼……我死不了？」

自殺宣告失敗，她想像接下來自己會發生什麼事後，不禁紅了眼眶。

「噢，為了以防妳又尋死找我麻煩，先做點預防措施吧。」

要是她又咬舌自盡可就傷腦筋了，於是我讓她咬住一塊布。

這塊布吸收了許多我特製的藥水。

沒過多久，女人就開始磨蹭她的大腿內側。

她以充滿渴望的眼神望著我。

「嘻嘻嘻，我倒要看妳能保持清醒到什麼時候。假如妳真的深愛著父親想為他報仇，肯定不會說出讓我高興的話，對吧？」

儘管我是第一次在戰場上搞這種玩法，但這般特殊的場景似乎讓我更加興奮。

好啦，這個女人到底能撐多久呢？

我一邊思考這件事，同時露出了微笑。

新的復仇對象在我的眼前不斷痙攣，她不僅流下眼淚，從雙腿之間也流下了愛液與精液。

這個弓箭手用箭射穿了翱翔於天空的飛龍，打亂了我的計畫，更讓克蕾赫、芙蕾雅以及艾蓮陷入危險之中。

不僅如此，她甚至把我貼上了卑鄙小人的標籤。

儘管把每項罪行攤開來看並非那麼嚴重，但要是堆疊起來，自然變成了無法原諒的重罪。

所以我必須好好向她復仇才行。

況且我們現在位於克蕾赫等人看不見的位置，所以我在戰場上把她搞得再也站不起來。

就算是我也是第一次在戰場上做這種事，這倒是挺新奇的體驗。

畢竟我不管是在外頭做還是被人看到都無所謂。鮮血和烈焰也更加勾起我興奮的快感。

當我在戰場上做這檔事後，便出現了試圖拯救弓箭手的新敵人，但我把那些傢伙全都殺了。

要對付那種雜碎，趁辦事的空檔就足以解決。就算是邊擺動著腰也殺得了。

「啊啊啊，請給我，請給我凱亞爾葛大人的，那個！」

「這樣好嗎？我不是妳的殺父仇人嗎？」

已經精疲力盡的【鷹眼】女兒不知不覺間已主動抱住我，還把我的那話兒納入蜜壺，緊緊抓住我使勁擺動腰部。

此時有箭朝向辦事中的我們飛來，我把箭接下後以射飛鏢的訣竅扔了回去，結果又有一個笨蛋死了。

我從剛才開始就像這樣隨手殺掉礙事的傢伙。

由於還有一群傢伙持劍殺了過來，我便把掌心對著他們擊發第三位階魔術【炎彈】，將他們一起炸飛。

「啊啊，啊啊，好舒服──！」

我在應付那些雜碎的期間，【鷹眼】的女兒始終擺動著腰部。

我抓住她的屁股，就這樣狠狠地挺進腰部，不知道她是否因此高潮，瞬間弓起了背部，腳尖也直直豎了起來。

「咿咿咿咿咿咿咿！啊啊啊，又要、高潮了。快動，快動！再繼續扭腰，繼續讓我動！」

雖說她像這樣高潮是好事，但由於我的那話兒挺進蜜壺深處，所以她無法像剛才那樣自己擺動腰部。

她一邊流著淚一邊懇求著我讓她動。

「要是妳這麼想要，就回答我的問題。」

「問題，什麼問題？比起那個，我更想要○○○○！」

「妳不憎恨我這個殺父仇人嗎？」

「比起父親，○○○更加重要！快動，不然就殺了我，快動，不然就殺了我！」

「噗哈！啊哈哈哈哈哈哈哈哈哈哈！」

她的表情夾帶著淚水十分狼狽，由於她講的話實在太蠢了，讓我不禁大笑出來。

作為獎勵，我讓她趴在地上，再從後面一口氣挺進。

「謝謝你！謝謝你！謝謝你！要高潮了——！」

我配合她高潮的時機噴射精華。

她露出空洞的眼神，一抽一抽地震顫著身體，就這樣不省人事。

「我挺愉快的喔。」

很久沒這麼享受了。

更重要的是讓我笑得很開心。

「該怎麼處理那些傢伙呢？」

沒有出手幫忙，而是站在遠處觀看的那群傢伙被我置之不理。

這名弓箭手似乎相當受歡迎，他們的雙腿之間搭起了帳篷，遠遠地眺望著這女人的醜態。

真是群丟臉的傢伙。

或許是因為有好幾個人身先士卒，讓他們得到了就算去幫忙也沒有意義的免罪符吧。

「好啦，玩到這個程度也差不多夠了。反正我已經掌握想知道的情報，也爽快了不少。」

看來我玩過頭了。藥效比想像中還要強。

要調整果然很難，這部分我始終沒辦法拿捏好分寸。

弓箭手已經完全被我玩壞了。

畢竟是【鷹眼】的女兒，她相當有韌性，但還是稍稍玩過頭了。

雖說等級、特技、技能以及狀態值都很優秀，但她只停留在普通的美女範圍。

這種程度還不夠格當我的所有物（玩具）。

要是我有心要治好的話當然不成問題，但我不需要。

就別回收直接扔掉吧。

我朝著那群只是搭著帳篷卻絲毫不想來救人的無情傢伙把弓箭手踢了過去。

反正就算是我「吃剩的」，他們也會好好享受一番吧。

……嗚哇，他們竟然在戰場直接上無法抵抗的女人。

「真教人傻眼。那些傢伙沒有所謂的良心以及常識嗎？」

我嘆了一口氣後，重新穿好衣服。

復仇果然不錯，是最棒的娛樂。

我用【恢復】搜刮記憶後，也掌握了需要的情報。

而且不僅如此，當初這傢伙的父親【鷹眼】沒有給我使用【模仿】技能的機會。

然而，我從他的女兒身上確實【模仿】到了技能。不知道是不是因為遺傳，她擁有罕見的強力技能，讓我感到相當滿意。

好啦，這樣一來復仇就結束了。

得把思考方式確實切換回來。

接下來要進入工作模式了。

娛樂活動到此結束。

「想不到吉歐拉爾王國竟然做出這麼有意思的事啊。」

我揚起嘴角。

那名弓箭手擁有相當不錯的情報，不愧是大貴族又是英雄之人的女兒。

我實在沒想到吉歐拉爾王的腦袋竟然會壞成這副德性。

雖說吉歐拉爾王國在第一輪也很那個，他們在私底下偷偷創造禁咒，想藉由殺害魔王來得到【賢者之石】好征服世界，但再怎麼說，他們在表面上依舊作為人類的盾牌，抵抗魔王與魔族守護著邊界。

然而，如今的吉歐拉爾王國卻大相逕庭。

他們已經捨棄了表面工夫。

只是投入自己所擁有的一切力量，運用所有奸詐技倆，試圖打倒所有反抗自己的對象。

那群黑騎士不過是吉歐拉爾王國力量的一部分，他們現在已經把人類與魔族全都視為自己的敵人，運用手邊所有的禁忌力量來蹂躪一切。

不，這跟自己國家還是其他國家也無關。

違抗吉歐拉爾王的人要不是死於非命，就是被變成黑騎士。吉歐拉爾士兵也被束縛在這樣的恐懼之中。要是違抗命令或是臨陣脫逃，下場就是被變為黑騎士。他們正是因為害怕這點，才會與黑騎士們並肩作戰。

現在的吉歐拉爾王比魔王還要更像魔王。

雖說我不打算打著勇者的名號或是高舉正義之名而戰，但要是讓那種傢伙為所欲為，我原本復仇之後要度過的美好生活就會化為泡影。

我根本無法想像在吉歐拉爾王國支配下的世界生活。

所以我要摧毀吉歐拉爾王國，將那個國家破壞到體無完膚。

會阻礙我幸福的一切狀況都得排除。

「哦，拉納利塔也挺頑強的啊。」

我以【翡翠眼】強化視力，再進一步發動用【模仿】從弓箭手身上得到的技能【鷹眼】，如此一來便能二度強化視力與動態視力，甚至得到透視能力，我以這樣的眼睛觀察城鎮。

這實在很方便。因為【鷹眼】是技能，能夠與我個人體質的【翡翠眼】同時並用。

只要有這雙眼睛，我便能看透森羅萬象。

此時映入眼簾的，是鎮上的驚人光景。

想不到拉納利塔的民眾面對黑騎士，竟然戰得有聲有色。

冒險者們與拉納利塔的私人軍隊攜手合作，並非是以殺死他們為目的，而是設下陷阱並巧妙地誘導敵人，然後等他們聚集到同一個地方，再同時以好幾個人釋放冰魔術讓他們失去戰鬥能力。

雖然也出現了不少犧牲，但戰況目前看來確實是旗鼓相當。

背後肯定有個擅於指揮的司令官。

不過，能完成這種作戰，有一部分也得歸功於我。

要是後方部隊平安無事，勢必會從背後支援那群黑騎士。

但因為我在復仇時順便擊潰了那群後方部隊，所以拉納利塔陣營的策略才能奏效。

……不過有件事令我很在意。

這裡沒有傳聞中那種能創造出自己同類的黑騎士。

這對拉納利塔來說是不幸中的大幸。要是有那種傢伙肯定老早就被滅了。

「主人好可怕的說，竟然對女人那麼粗暴，抖抖抖抖，紅蓮總有一天也會受到那樣的對待……快逃的說！」

眼見小狐狸打算逃走，我一把抓住了她的脖子。

話說起來，我因為克蕾赫她們看不到所以就放縱了自己的慾望，但是卻完全不在意紅蓮的觀感。

原來她在我享樂的時候一直在旁邊看啊。

「我對自己人可是很溫柔的。只要紅蓮沒有那個意願，我自然不會強迫妳。更何況我也不打算獸姦狐狸。要是覺得有危險的話，就趕快變成狐狸吧。」

「主人不會吃掉紅蓮嗎？」

「不會。」

「紅蓮相信主人的說！所以，不可以對紅蓮做那種事的說！」

嗯，看來沒有造成她的心靈創傷。太好了。

仔細一瞧，紅蓮也很可愛啊。雖然稚氣未脫，但狐耳美少女的要素確實很棒。

等之後有空再慢慢教育她吧，一步一步引導，讓她總有一天願意自己主動開口說想讓我品嚐。

感覺會很舒服啊，一邊把臉埋在毛茸茸的狐狸尾巴裡面，同時做各式各樣的事情……

「主人這張臉肯定是在想著什麼糟糕的事情的說！」

「妳多心了。我在想的是非常美妙的事。」

這並非謊言。對我來說確實是非常好的事。

雖說有些晚了，總之先回去找克蕾赫她們吧。

也得治癒飛龍才能繼續飛行。

◇

我回到克蕾赫她們所在的地方，卻發現克蕾赫與芙蕾雅不在現場。

艾蓮與龍騎士站在接受緊急治療的飛龍旁邊，剎那則是擔任護衛警戒周圍。

「艾蓮，克蕾赫和芙蕾雅上哪去了？」

「拉納利塔的民眾向克蕾赫與芙蕾雅申請救援，所以她們趕去鎮上了。她們說要是正義感強烈的凱亞爾葛哥哥在這，也肯定會出手相助。畢竟附近的黑騎士已經全滅了，而且由於凱亞爾葛哥哥擊破了那個弓箭手和後方部隊，已經確保了這附近的安全。所以我便只留下剎那擔任護衛，允許她們兩人去救援鎮民。」

當我們遭敵人拆散時負責指揮的艾蓮爽快地回答。

「噢，這樣啊。判斷得很好。畢竟我絕不允許如此傷天害理的事情。」

「是，相信凱亞爾葛哥哥也是基於這種想法，才會在排除了阻礙飛龍飛行的弓箭手之後，將後方部隊也一併殲滅的吧。」

「妳很清楚我的想法嘛。真了不起。」

我撫摸艾蓮的頭。

我在芙蕾雅等人面前做足了表面工夫，令她們以為我是基於正義感而行動，而芙蕾雅她們也對此不疑有他。

……如果是讓芙蕾雅她們看到的那個充滿正義感的我，自然不會對拉納利塔見死不救。

艾蓮的判斷並沒有錯。

「讓我看看那頭龍。我來【恢復】牠。」

我向陪在龍身邊的龍騎士搭話。

「拜託你了，【癒】之勇者大人。可是，牠一邊翅膀已經被扯斷。這樣一來不論是什麼【恢復】都無法治好。這傢伙已經飛不了了。」

「你忘了嗎？我治療肩膀的時候你也有看到吧？我的【恢復】可是與眾不同的。」

一般【恢復】僅能把消毒或是強化自我治癒能力組合起來。

換句話說，只能治好放著就會痊癒的傷勢。

不可能治療部位的缺損。

然而我的【恢復】不同。我的甚至接近時間回溯，能讓事物回歸到原本應有的姿態。

「【恢復】。」

話語剛落，翅膀被扯斷的那頭龍便徹底痊癒。

不僅是翅膀，我順便連疲勞或是從前的舊傷也一起根治，把這頭龍回復到了最佳狀態。

「這樣就能飛了。」

「真是難以置信……這就是【癒】之勇者的力量……」

龍騎士瞪大雙眼，以帶有顫音的語氣這樣說道。

想必這對他而言是很難以相信的光景吧。

「好啦，接下來該怎麼辦？天色已經暗了。沒辦法讓龍繼續飛行。重要的是克蕾赫與芙蕾雅還在鎮上。」

我以【翡翠眼】搭配【鷹眼】望向城鎮後，便發現她們倆正在大顯身手。

克蕾赫將黑騎士們一個接一個砍倒使其無力化，芙蕾雅則是以超廣範圍的冰魔術將敵人一起凍成冰塊。

儘管做的事情和拉納利塔的那群人大同小異，但克蕾赫與芙蕾雅她們只靠兩個人做出的貢獻，便足以與拉納利塔全軍匹敵。

等級超過２００、勇者之力、異稟的天賦值、強力的特技與技能，再加上壓倒性的實戰經驗。

這一切相輔相成之下，才能得到這樣的結果。

剎那拉了拉我的衣袖。

「凱亞爾葛大人，要把她們倆叫回來嗎？」

「不，既然我們已經介入這件事了，乾脆一不做二不休吧。我們也去助陣，將鎮上所有的黑騎士掃蕩一空。」

「知道了。」

剎那點頭之後用魔術製造出冰爪，艾蓮則是向剎那傳達戰術。

「龍騎士，你和龍一起躲進森林裡面和你的搭檔會合。明天正午在森林入口碰面。」

「了解。祝各位戰無不勝。」

儘管計畫有變，和原本預測的狀況也有所脫節，但我甚至認為這樣反而更好。

就來修改預定，設法把這次的意外當作助力吧。

◇

我們在拉納利塔鎮上與克蕾赫她們順利會合。

由於我們所有人集合在一起，殲滅力也獲得了飛躍性的提升。

艾蓮負責制定作戰計畫，讓隊伍隨時都能以最適合的戰術行動，剎那的任務則是保護艾蓮。

克蕾赫讓紅蓮在劍上纏繞火焰之後，便能單槍匹馬消滅黑騎士，芙蕾雅的戰術級魔術更是大放異彩。

然後，能將所有能力運用自如的我則是隨心所欲，見敵就殺，從旁協助所有人。

我們就這樣殺光了擁有不死之身的黑騎士。

當太陽完全下山，潛伏在拉納利塔的黑騎士便全數遭到殲滅。

「總算是結束了。」

「嗯，剎那累慘了。」

「是啊，這次確實很累人。」

「我的魔力都耗盡了。」

「凱亞爾葛哥哥，我也感覺自己有點用腦過度。」

身體的疲勞與傷勢可以透過【恢復】來治癒。

然而，精神上的疲勞以及消耗的魔力卻不是我能設法處理。

真希望能找個場所好好休息，否則會對明天之後的行動造成負擔。

當我們在原地休息之後，周圍開始聚集了人潮。

「你們幾個也太威了吧。」

「根本就是所謂的一騎當千啊。」

「謝謝，要是你們沒來的話，拉納利塔就完蛋了。」

「小哥，你們真的很帥喔！」

鎮民一個接一個遞出感謝的話語。

克蕾赫點頭示意，剎那用鼻子哼了一聲，芙蕾雅抽了抽鼻子，艾蓮則是微笑以對。

好吧，偶爾受到正常的感謝也不壞。

不久，眼前的人群被一分為二，從這群人身後出現了一名身穿氣派白色鎧甲的壯年男性。

「【癒】之勇者凱亞爾大人、【術】之勇者芙列雅公主、【劍聖】克蕾赫大人，以及其他伙伴，非常感謝諸位拯救了拉納利塔。要是你們沒有乘龍從天而降為我等助陣，想必拉納利塔已經遭到黑騎士們消滅。我是這個城鎮的領主。亞弗魯・雷阿爾・拉納利塔。請務必容我邀請各位光臨寒舍，並針對今後的局勢進行討論。」

知道我們的真實身分後，周圍的人開始鼓譟起來。

由於某起事件的影響，【癒】之勇者凱亞爾以及【術】之勇者芙列雅公主在納利塔被視為英雄。

而【劍聖】克蕾赫也是貨真價實的英雄，不難理解為何人們會發出歡呼。

「嗯，我會接受你的邀請……然後，讓我們好好討論該如何打倒墮入邪道的吉歐拉爾王國吧。」

雖說從外表可以輕易認出【劍聖】克蕾赫，但他到底是透過什麼樣的手法看穿我和芙蕾雅的真實身分？

負責指揮鎮上軍隊的人是他，可以看出他十分精明能幹。

而且，他也是讓這個城鎮發展到如此規模的男人。

肯定是個很傑出的人物。看來能進行一番有意義的對談。

就在他的宅邸好好放鬆，並為了擊潰吉歐拉爾王國，找出符合目前狀況的最佳解答吧。

第六話 回復術士以王為目標

我原本其實想丟下拉納利塔直接前進，卻順水推舟地救了這個城鎮。正義感過強也值得令人反思啊。

我們坐上了拉納利塔的領主亞弗魯．雷阿爾．拉納利塔的馬車，在拉納利塔民眾的歡呼聲中朝著他的宅邸前進。

馬車周圍不斷地湧現人潮，陸續地對我們送上感激以及聲援的話語。

「真是令人驚訝呢。沒想到我們會這麼受到歡迎。」

「好吵的說～這樣紅蓮都不能睡午覺的說！」

鎮上到處都留下了方才的戰鬥而造成的鮮明傷痕。

在這種狀況下竟然還會受到如此熱烈的歡呼……不對，正好相反。正因為是這種情況，所以才需要英雄的存在。

所謂的英雄跟宗教別無二致，充其量也不過是讓人們有心靈寄託的棲身之所。

人們為了讓自己相信未來會是一片光明，總是會希望寄託在某種事物身上。而現在則是由我充當這個角色。

領主亞弗魯．雷阿爾．拉納利塔凝視著我的臉，然後開口說道：

「我從來沒想過救世主會乘著飛龍現身。這簡直就是童話故事呢。」

「只是偶然罷了……我們目前正因為其他要事而趕往吉歐拉爾王國。只是湊巧目睹了這個城鎮的慘狀，所以才火速趕來救援。畢竟實在無法坐視不管。」

我一邊露出微笑，同時說些不著邊際的話打發他。

雖說我是順其自然救了這座城鎮，但沒必要老實地坦承一切。

既然他們想感謝我，就順他們的意吧。

「不愧是真正的勇者。」

「……關於這點，請問你為什麼會知道我就是【癒】之勇者？」

在這次的戰鬥，我應該沒用過身為【癒】之勇者的象徵【恢復】才對。

更何況芙蕾雅也已經和還是芙列雅公主時的長相有所差異。

「很簡單。雖說改變了相貌，但能使出那種驚人的魔術，肯定是【術】之勇者芙列雅公主。那麼，在她身旁並肩作戰的自然便是【癒】之勇者凱亞爾大人。」

「聽你這麼一說，的確是這樣呢。」

我也想太多了，真丟臉。

要是芙蕾雅拿出實力，會被認出是【術】之勇者也是理所當然。這樣一來，我的真實身分自然也會曝光。

「差不多快到我的宅邸了，今晚請讓我盛情款待。各位似乎也很疲憊了，就請你們先好好休息，到時再邊用餐邊聊聊今後的打算吧。」

「那我們就恭敬不如從命了。」

以消除精神疲勞的環境來說確實無可挑剔。

……只不過無法保證亞弗魯領主沒有和吉歐拉爾王國有所勾結。

如果他想設陷阱陷害我們，到時我會讓他後悔自己出生在這世上。

◇

說要盛情款待我們確實是真的。

他告知我們可以自由使用招待貴族用的最高級房間，現在我們也正在借用豪奢的大浴池。

浴池這種東西無論運用還是保養都必須花費大筆金錢，是貴族專屬的娛樂。

或許是因為在戰場上來回奔波，我們被沙塵或是飛濺的血液等各式各樣的東西弄髒身體，所以有澡可洗確實教人感激。

「這個，很棒。」

剎那從浴盆裡探出頭，臉上表情不像平常那般嚴肅，看起來相當放鬆。

就連平時總是挺立的狼耳也慵懶地垂在頭上。

「好久沒洗澡了。除了自己的宅邸外很難體驗到這種感覺。」

「我明明是第一次泡，卻有種懷念的感覺。」

克蕾赫以及芙蕾雅已經習以為常。畢竟她們倆是天生的大小姐。

艾蓮看起來也非常陶醉。

「凱亞爾葛哥哥，浴室真的很不錯呢。就算在旅行中我也希望能定期享受這種感覺。這可以有效改善衛生環境，並維持高度士氣喔。」

「也對，畢竟唯獨內心的疲勞連我的【恢復】也束手無策。我看看能不能用鍊金術的力量製造一個攜帶用的浴盆。只要有浴盆，水和火就可以交給芙蕾雅來處理。」

應該是沒辦法用石頭或木頭材質，就設計成像帳篷那種可隨身攜帶又輕巧的成品吧。

不過話又說回來，這景緻真是不錯。

臉色紅潤的美少女們的肌膚十分誘人。

不管是像剎那和艾蓮那種嬌小玲瓏型的，還是克蕾赫以及芙蕾雅那種充滿大人魅力的身材，在浴池顯得更加耀眼。

「紅蓮也不討厭洗澡的說。很有趣的說！」

小狐狸也舒服地用狗爬式在浴池內滑水……妳不是狐狸嗎？

竟然在這種場合這麼做，紅蓮依舊是這麼我行我素。

算了，她這樣也挺可愛的。

好啦，我該來做一些只有在洗澡時才能享受的玩法。

我從後面抱緊剎那。

「呀！凱亞爾葛大人？」

剎那的脖頸兒染上一片紅暈，那並非只是因為身體暖和起來。

「因為剎那在這次的戰鬥很努力，所以我要給妳獎勵。讓我好好疼愛妳吧。」

享受這種情景的機會並不多。

在洗澡時做的話，想必能品嚐到和平常不同的觸感以及反應吧。

「只有剎那太狡猾了。請一起疼愛我，今天我凍住了好多黑騎士呢！」

「是啊，我們也很努力。照理來說應該要一起受到疼愛才是。」

「我也是。要是沒有我的戰術，可是無法擊退敵人的。」

芙蕾雅、克蕾赫以及艾蓮都貼過來開始央求我的寵愛。

連續兩天和所有人一起做實在是吃不消。

而且，我今天才在戰場上享受了復仇性愛。

不過，我就做給她們看。

畢竟以後或許就沒辦法再到大浴池享受魚水之歡。

「沒辦法，我就一次疼愛妳們所有人吧。」

只要使用【恢復】，我的體力便是無窮無盡。
為了迎接明天的決戰，就讓我來好好療癒女人們的身心吧。

◇

剛才在浴池太拚了，害我現在有些頭昏腦脹。
除了性方面的興奮帶來的高昂感之外，再配合浴池本身的效果，這次的性事讓人有種飄飄欲仙的感覺。
體型嬌小的剎那和艾蓮更是意識朦朧又軟綿綿的，疼愛起來十分有意思。
觸感和蜜壺的緊實度也和平時不同，相當新鮮。
真想找個機會在浴池再好好疼愛她們一番。
我們從浴池離開後，便穿上了領主為我們準備好的衣服，並乘涼稍作歇息。
大家的神情看起來有些恍惚。
「……凱亞爾葛大人，實在太厲害了。」
「是啊，今天的事情讓人有點難以忘懷呢。」
「我竟然這麼放縱自己，實在太難為情了。」
「凱亞爾葛哥哥真了不起。」

她們各自嘟囔著剛才的感想。雖然這樣的舉動可愛到讓我想當場襲擊她們，但還是先忍忍吧。

畢竟差不多快到晚餐的時間了。

「【癒】之勇者大人，晚餐已經準備好了。請容我為各位帶路。」

說著說著，傭人出現了。

好啦，繃緊神經吧。

順利的話，或許能從亞弗魯領主身上打聽到新的情報。

◇

原本我就相當期待領主會如何款待我們，但擺放在餐桌上的料理遠比我想像中更加豐盛。隨便一瓶葡萄酒，都是一般勞動者工作一個月也買不起的高級貨。

「各位，這些餐點是我們微薄的心意，還請不用在意禮節，盡情地享受美食。要是不夠的話想加點多少都不成問題，如果有想吃的東西就請告訴我們。只要是材料能準備的餐點，我都能吩咐主廚為各位準備。」

……這個人想讓我們享受到絕無僅有的待遇。

但正因為如此，才必須對他嚴加防範。

他肯定在打什麼如意算盤。
我雖然喜歡操控人，但不喜歡被人為所欲為地使喚。
所以我得看出這傢伙真正的意圖才行。
「怎麼會是微薄的心意呢。我從來沒看過如此豪華的大餐，我們就心懷感激地享用了。」
我一邊擺出笑臉，同時在腦海反覆思考。
在某種意義上，戰爭已經開始了。
我邊喝著葡萄酒，邊思考該如何出招。

◇

用餐告一段落之後，甜點也端了上來。
是裝飾得非常漂亮的蛋糕。
今天的晚餐實在令人回味無窮。
不愧是拉納利塔的領主。今天準備的餐點，想必是在拉納利塔能提供的最高水準吧。
「請問各位還滿意今天的餐點嗎？」
「當然。如此高級的餐點，即使是王侯貴族應該也沒什麼機會品嚐。」
我說的並非客套話，而是陳述事實。

「如果方便的話，可以讓我了解【癒】之勇者凱亞爾大人在離開拉納利塔之後的所見所聞嗎？」

我當初在拉納利塔進行了一場激烈的大戰。

明明是不久前發生的事，卻讓人不禁湧起一股懷念的感覺。

「我離開拉納利塔後便前往了魔族領域。因為我認為只要好戰又殘虐的現任魔王依舊在位，這場戰爭就沒有結束的一天。所以我拉攏了可以溝通的下任魔王候補，順利討伐了現任魔王，並建立了新魔王政權。實際上，我之所以會前往吉歐拉爾王國，也是因為得知魔王和吉歐拉爾王國在私底下互相勾結。因此我想等了結他們背地裡策劃的陰謀之後，再讓新魔王和人類代表進行會談，藉此實現真正的和平。」

我在八成的真相中混入了兩成的謊言。

這種說謊方式最難被拆穿。

由於事態規模過於巨大，亞弗魯領主聽到後頓時啞口無言。

「……這番話是真的嗎？」

「千真萬確。證據就是送我們過來的龍騎士們隸屬於魔王軍。而且，新任魔王夏娃‧莉絲是我的戀人。因此有和她進行交涉，阻止這場戰爭的餘地。」

「竟然有這麼一回事。我實在太小看【癒】之勇者凱亞爾大人了。不愧是真正的勇者，想不到你竟然打算用這種方法實現和平。」

亞弗爾領主發出由衷感到欽佩的聲音。

然後，他開始不斷向我打聽夏娃的事。

看來，他似乎想和新任魔王打好關係。

「這是各式各樣的奇蹟累積重疊之後的結果。只不過，吉歐拉爾王國在我離開的這段期間發生了巨變。要是不設法對付吉歐拉爾王國，到時很可能沒辦法時促成雙方的對談。」

我隱瞞了自己真正的目的是抹殺吉歐拉爾王的存在，並回收【賢者之石】。

要是他知道那個的存在，顯然會拿去胡作非為。

「原來是這樣啊……那麼，我們的目的應該是相同。雖然前往魔族領域的凱亞爾大人應該並不知情，但如今的吉歐拉爾王國已成為了人間煉獄。」

「似乎是這樣呢。」

我透過【鷹眼】女兒的記憶，已了解大致上的狀況。

「吉歐拉爾王宣稱自己不是王，而是神，並宣告要毀滅所有與神作對的人。當然，國內外對此引起了很大的反彈聲浪，但全部都被黑騎士所吞噬了。」

「我想也是，畢竟基本上沒有方法能打倒那批大軍。」

不管怎麼做就是殺不死他們。

頂多就是凍成冰塊或是以活埋方式限制他們的行動。

「是的。而且在黑騎士之中，還存在著會增加同伴的特別個體。儘管在這次的戰鬥中沒有現身，但要是那玩意兒出現就結束了……自己人會一個一個地變成敵人。葛拉洛傑鎮就是遭到一個能增加個體的黑騎士所滅。」

「葛拉洛傑……是南方要地的那個？就連我都不曉得是否能單槍匹馬攻陷那裡。」

原來如此，會增加自己同類的黑騎士並非只是單純的傳聞啊。

只不過數量似乎沒有那麼多。

如果能增加自己同類的黑騎士有一定程度的數量，應該會拿來用在攻陷拉納利塔這種實力堅強的城鎮。

「凱亞爾大人認為吉歐拉爾王的目的是什麼？老實說，吉歐拉爾王國一直都站在世界的頂端。他們表現出自己正與魔族處於戰爭狀態，再以這點為由索求世界各國的支援。如今的吉歐拉爾王國擁有世界最強大的人才與資金，沒有任何國家敢反抗他們。」

就是這點令人費解。

因為就算他們採取這麼強硬的手段，到頭來也不會和目前的地位有任何改變。

「……雖然不明白他們的目的是什麼，但吉歐拉爾王在自詡為神的同時，還要求了民眾的性命。宣稱不管是自國還是他國，都必須要民眾奉獻性命。要是反抗的話，吉歐拉爾王便會派黑騎士鎮壓，為殺而殺。只是，我們唯一清楚的就是不戰鬥的話便會被趕盡殺絕。絕對不能服從他。」

「吉歐拉爾王到底打算殺掉幾萬、幾十萬人啊？為殺而殺……不對，等等。原來是這麼一回事啊。所以他才會自詡為神。有意思。」

我總算了解了。

那傢伙在第一輪的世界打算執行的禁咒是什麼。

發動禁咒的目的是征服世界，而他打算透過那個手段成為神。

難道他打算不靠【賢者之石】就執行這個計畫嗎？

如果是，就不難理解他為什麼需要數十萬人的靈魂。

「凱亞爾大人，你有什麼頭緒嗎？」

「嗯，那是存在於上古時期的禁咒。我在逃獄時曾看到那個被設置在吉歐拉爾城的地下……」

由於這種事不需要隱瞞，所以我告訴他有關禁咒的情報。

聽完之後，亞弗魯領主開始渾身打顫。

「他根本是瘋了。」

「如果沒瘋的話也不會做出這種事了。你打算拜託我殺掉那個喪心病狂的王對吧？請你放心。我會以自己的意志討伐那個王。」

不管在第一輪還是第二輪的世界，吉歐拉爾王都讓我吃了不少苦。

得好好回報他才行。

殺掉吉歐拉爾王之後，再埋伏起來殺掉【砲】之勇者布列特，這樣一來，我的復仇就圓滿落幕了。

「實在是太可靠了。只不過，單獨行動是行不通的。我已經事先集結幾個國家、城鎮以及村莊建立了對抗組織。請和我們合作吧……其實為了打倒吉歐拉爾王，之前已經派出了其他國家的三名勇者，但全都遭到反殺。不，如果僅是反殺倒還好。他們遭到囚禁之後變成了黑騎士，對我們造成了莫大的威脅。明白嗎？如果【癒】之勇者凱亞爾大人也成為敵人，到時世界就完了。還請你三思。」

已經有其他勇者在這種緊急狀態下行動了嗎？

勇者在這個世界存在著十人。在吉歐拉爾王國有著【術】、【砲】以及【癒】之勇者，同盟國則存在著【劍】之勇者，而其餘的當然分布於其他國家。

「雖說我也很想慎重行事……但我們非得趕在明天出發不可。其實除了剛才提到的交涉以外，我們還有另一個目的。就是奪回被偷走的魔王祕寶。聽了剛才那番話後，我很肯定那個祕寶將會被送到吉歐拉爾王手上。一旦他取得那項道具，屆時就算不透過數十萬的靈魂也能完成禁咒。因此就算多少有些亂來，我們也應該在明天發動攻勢。」

「原來是這樣啊……我明白了。那麼，請容我們在力所能及的範圍內支援各位。為了盡可能提高凱亞爾大人的勝算，我會動用所有人脈，設法在明天之前聚齊所有兵力發動攻擊。」

「不，現在再派士兵攻向吉歐拉爾王國反而強人所難。我希望你能在各地發動大型的反攻作戰。這樣一來，吉歐拉爾王就不得不把戰力分散到各地。這樣做反而更對我有幫助。」

「那麼，我就照吩咐行事吧。」

儘管是微不足道的幫助，但有總比沒有好。就順著他的好意吧。

就算是提高0.1%的勝率也行。

「凱亞爾大人，我還有一事想拜託你。打倒吉歐拉爾王之後，吉歐拉爾王國勢必得面臨重建的局面。儘管實際業務能由我負責，但為了吸引群眾，必須要有個能讓他們接受的象徵性存在。這點我是做不到的。應該要由拯救世界的【癒】之勇者凱亞爾大人，以及你的伴侶【術】之勇者芙列雅公主挺身而出。」

吉歐拉爾王國有很大的影響力。

人類彼此之間始終沒走上戰爭這條路，正是因為有著吉歐拉爾王國這個強大的存在發揮制衡的作用。

一旦吉歐拉爾王國消失，勢必會開啟亂世。

不僅如此，今後將會有其他國家盯上隸屬於吉歐拉爾王國的城鎮以及村莊爭相掠奪。

吉歐拉爾王國不能就此消失。

但是，要重建王國的話勢必需要一個任誰都能認同的象徵。亞弗魯領主的意思是要我和芙蕾雅，也就是芙列雅公主成為那樣的存在。

「先別說我，芙列雅公主可是吉歐拉爾王的女兒。你認為民眾能接受嗎？」

「正是因為這樣才好。她擁有純正的王家血統，只要為她精心設計一套劇本，塑造成是個為了貫徹正義，而決心制裁墮入邪道的父親的悲劇女主角，肯定能成為很好的象徵。」

「這部分的事情就交給你了。是你擅長的領域吧。」

真是意想不到的發展……才怪，我只是表面上這麼演，其實這個提案在我的預料之中。

我原本就認為這個男人肯定會這麼說。

所以我才會接受他的邀請。

我的戀人夏娃正以魔王的身分率領著魔族，一旦吉歐拉爾王國交給我的所有物(寵物)芙蕾雅掌控，我就能對這世界隨心所欲，進而完成我心目中的理想世界。

事前準備已經就緒了。

再來，只需要討伐吉歐拉爾王。

話雖如此，這個「只」卻還很漫長。墮落為黑騎士的那三個來歷不明的勇者、遭到漆黑之力侵襲的瘋狂國王、那股黑暗之力的來源、令國王瘋狂的某種存在，以及【砲】之勇者布列特。

我勢必會將所有障礙全數擊敗，得到我夢寐以求的世界。

決戰之時，就在明天。

第七話 回復術士潛入敵陣

用完餐後，我讓艾蓮留在原處，叫剎那等人先回房間。

我們兩人和拉納利塔的領主亞弗魯進行了一番討論。

現在討論的議題並非有關明天突襲吉歐拉爾城一事，而是關於打倒吉歐拉爾王後該如何處理善後。

打倒巨惡之後，一切自然會水到渠成。

……這種事只會出現在童話故事，畢竟現實並非如此天真。

倒不如說後續處理反而更加費事。

雖說會覺得這種事情等到擊倒吉歐拉爾王之後再想就好，但到時就太慢了。

不論任何事都需要做好事前準備。

所以，我們才會準備這個場合進行討論。

結束之後，艾蓮彙整了剛才商量的內容。

「那麼，我們的方針就是不改變國家的名稱，在打倒吉歐拉爾王之後，要強調我們是新生的吉歐拉爾王國。」

「嗯，即使吉歐拉爾之名已經是邪惡的代名詞，事到如今要捨棄也是可惜。」

正因為有吉歐拉爾王國的存在，人類之間才沒有發生戰爭維持著太平盛世……儘管我不想承認，但這卻是事實。

一旦失去了名為吉歐拉爾王國的強大支配者，懷抱野心的傢伙便會開始大肆作亂，這點顯而易見。

到時並非就不是止於一國或是兩國之間的問題。

要是走錯一步，戰火便很有可能蔓延到世界各地。

人類是利慾薰心的生物。我比任何人都清楚這點。

要是期待人類的善意與理性坐以待斃，只會迎來破滅的結局。

打倒吉歐拉爾王後，需要某種存在來壓抑那些貪得無厭的傢伙。

基於這點，事後立刻讓芙蕾雅即位，打著新生吉歐拉爾王國的名號存續下去的方案是可行的。

雖說要更名為新生吉歐拉爾王國，吉歐拉爾王國依舊會存續下來。

由於我們不能像現在的吉歐拉爾王國一樣胡作非為，所以總有一天會被人瞧不起，無法順利壓制反對聲浪，但能夠爭取時間。

只不過要這麼做也有不少問題得解決。

「亞弗魯大人，請問人才方面真的沒有問題嗎？」

「嗯，請放心。拉納利塔是自由都市，從國內外聚集了善於政務與經濟的人才，只不過他們都有些不為人知的過去。舉凡在政爭中落敗的人、對貴族的夫人下手搞不倫戀的人、非法勾當遭到揭穿的人。其他還有各式各樣的因素……儘管他們捨棄了名字與立場，但很有能力。原本像他們這樣的人不會在大庭廣眾下拋頭露面，但畢竟現在是緊急狀況。」

「……哦，原來還有這種重新利用人才的方法。是我沒有的觀點，受教了。」

艾蓮擺出興味盎然的表情。

在她還是諾倫公主時，並不會把注意力放在這類的喪家之犬身上。她正是因此才會覺得有趣吧。

在重建國家之際，最重要的課題之一便是人才不足。

自從吉歐拉爾王公然使用黑暗之力後，殺害了太多反抗自己的家臣。而僅剩的倖存者也接連叛離，離開了吉歐拉爾王國。

……如今那裡作為國家的功能已是慘破不堪。似乎連徵稅與執法方面都無法確實執行。

就算芙蕾雅即位，吉歐拉爾王國也會因為嚴重的人才不足而無法正常運作。

所以先決條件是招攬外界的人才。但是，要找到可以信賴的人原本就已難若登天，再說吉歐拉爾王國幹下這麼傷天害理的事，會願意來的人肯定少之又少。

更別提是要找到具有能力與實務經驗的人才。

然而，亞弗魯領主卻允諾會由他來解決這個難題。

儘管是一群有過去的人，不過，反正吉歐拉爾王國都以現在進行式在為自己烙印難堪的經歷了。

所以完全沒有問題。

由於最擔憂的部分也解決了，所以我們討論得比想像中更為順利。

此時，艾蓮開口了。

「需要一個能壓制其他國家的方法呢。熱愛和平的新生吉歐拉爾王國，總有一天會引來野心勃勃的國家反抗……雖說現在的吉歐拉爾王國以近乎強迫的手段要求鄰國提供支援，但那其實是個優秀的系統。能夠適當地約束他國，讓他們互相消耗，奪走發動戰爭的餘力。為難的是新生吉歐拉爾王國必須保有乾淨的形象，所以無法原封不動挪用。真是很傷腦筋呢。」

她考量的事情和我大同小異。

艾蓮也認為僅是把芙列雅公主和我抬上神轎，是無法讓新生吉歐拉爾王國誕生的。

「也對。雖然吉歐拉爾王國是為了自己的私欲而強迫他國協助，但是以嚇阻反亂意識萌芽來說，這個手段十分優秀。」

吉歐拉爾王國為了從魔族手中保護人類，從所有國家徵收了資金、物資、人才以及技術。站在維護和平的立場來看，這的確符合邏輯。

吉歐拉爾王國便是靠著這種手段，製造出其他國家無法反抗的局面。

「這樣的話如何？我們宣稱『人類應該攜手共進。新生吉歐拉爾王國宣布要為了和平根絕戰爭。引發戰爭的國家，將由新生吉歐拉爾王國揮下正義的鐵鎚制裁』。透過誇示我們的力量來達到抑制效果。畢竟只要有三名勇者，就足以凌駕一個軍隊了。」

「要是走錯一步，就會遭到許多國家圍剿，不過也只能以這個方向進行了呢……要是吉歐拉爾王國由凱亞爾葛哥哥掌控的話，我甚至想乾脆煽動某個國家引起暴動，再擊潰它來殺雞儆猴呢。反正跟那些愚昧的人說再多，他們也不會理解違逆凱亞爾葛哥哥會有什麼下場嘛。」

艾蓮露出惹人憐愛的微笑。

她臉上的表情和剛才說出的那番話很不協調，顯得十分異常。

亞弗魯領主的表情僵住了。

「……我得設法別和你們為敵才行。你們雖然做法偏激卻很有理性，只要利害關係一致，我就會與你們站在同一陣線。」

「亞弗魯領主，雖說我不會原諒掠奪我的傢伙，但我不會主動去掠奪別人。」

那是我的原則。

再怎麼說我都只是個復仇者，必須要遵循正義的原則行事。

否則我就和那群人渣沒什麼兩樣了。

「【癒】之勇者凱亞爾大人，我已經明白今後該如何應對，但你明天打算如何以少人數突襲王城呢？」

「我會從王城的逃生通道侵入。王城裡面肯定有設計來讓王族逃匿的隱藏逃生通道。這點

對吉歐拉爾城來說也是相同。而且，身為王族的芙列雅公主理所當然地知道那個逃生通道的所在處。」

……正確來說，是【恢復】過芙蕾雅記憶的我知道這件事。

只要從逃生通道侵入，自然能以最小限度的犧牲潛入王城。

「這應該很危險吧？對吉歐拉爾王而言，想必他也十分清楚芙列雅公主跟在你身邊，那麼他自然也會對逃生通道嚴加戒備。」

「你說得沒錯。但是，國王應該不會想讓自己國家的士兵知道逃生通道的存在。就算他要布署兵力，也只會派出少部分足以信賴的士兵。再加上逃生通道的路線狹窄，會讓國王的部下無法活用數量上的優勢。所以這個方法比起強行從首都城邑突破，從正面闖入王城大門還要安全幾十倍。」

艾蓮在旁邊點頭表示認同。

這個方案，我們兩個已經充分討論過了。

「原來如此，聽你這麼一說確實有理。不過我還擔心另外一件事。就是不能保證吉歐拉爾王待在城內。要是無法討伐吉歐拉爾王，就算占領城堡也沒有任何意義。」

我輕笑一聲。

亞弗魯領主搞錯了最根本的目的。

「不是這樣的。我們最優先要處理的，是在祕寶送達之前摧毀那個荒唐的禁咒。到時要是禁咒發動，一切都會毀於一旦。幸運的是，他們無法移動用來發動禁咒時必須的那台裝置。其實那個會被放在吉歐拉爾城有著重要的意義。只要摧毀禁咒，等之後再對付吉歐拉爾王也不遲。」

如果只有黑騎士構成不了太大的威脅。

吉歐拉爾王本人也是。

而且，我雖然沒有說出口，但吉歐拉爾王肯定待在城內。

吉歐拉爾王對那個禁咒相當執著。

依目前的狀況來看，他絕對不可能離開王城。

「的確……看來我還太膚淺了。竟然連最優先的事項都看漏。【癒】之勇者凱亞爾大人。我會以自己的方式來協助你們。像個凡人一樣，腳踏實地從旁支援你們。所以，請你們無論如何都要拯救這國家，不，拯救所有人類。」

「請交給我吧。畢竟我可是勇者。」

之後確認了幾項事情後，商談便到此告一段落。

我也回到房間好好地睡了一覺。

反正已經在浴池充分疼愛了她們，今晚就別再和芙蕾雅她們享受魚水之歡吧。

◇

隔天早上，我們享用了早餐，隨後便從宅邸出發前往鎮上。

在離開拉納利塔時，我們在多數的民眾聲援之中被送出城外。

好久沒有感受到這種有勇者風格的事件了。

在第一輪，我作為芙列雅他們的附屬品而經常體會到這種感覺，然而在第二輪幾乎沒有這樣的經驗。

能回想起來的，頂多只有芙列雅公主來迎接我，村裡的大家送我離開的那時吧。

「大家的聲援帶給我力量了呢。」

「嗯。剎那也覺得充滿幹勁。」

「會讓人發自內心覺得不想輸呢。」

「凱亞爾葛哥哥真受歡迎。」

「比起聲援，紅蓮更想要肉。」

每個人似乎對此都有自己的感觸，表情相當不錯。

我們一出城鎮後便和龍騎士們會合，並跨上飛龍。

「你們有換過龍嗎？」

眼前的龍不是這兩天乘坐的那頭。

臉型和大小都有不同。

「真虧你能注意到呢。其實，這傢伙說一定要讓凱亞爾葛大人乘坐，還鬧了脾氣呢。我想牠肯定是想報答凱亞爾葛大人的恩情吧。」

「GRYYYYYYYYYYYY！」

龍發出咆哮。

這讓切換成小狐狸模式的紅蓮大驚失色，連毛都豎起來了。

「我們反而要感謝你們的關照。這是最後的工作，就好好拜託你了。」

龍展開翅膀來代替回答。

比起言語，牠選擇用行動來表示。

我不討厭這種態度。

當我們一坐上龍，牠便使勁地揮動翅膀翱翔於天際之中。

……打完這場仗後，可以的話真希望不是以客人的身分，而是以操縱士的身分乘坐。

如果是和這傢伙，想必能舒服地飛在空中吧。

◇

兩頭龍在天空翱翔。

然後，通過了吉歐拉爾王國的上空。

目的地就在眼前。

吉歐拉爾王國的背面有座巨大的瀑布。

我們要在那裡降落。

我們進入瀑布旁邊的森林裡面，往深處走去便會看到一棵沒有特別之處的大樹，只要朝其根部往下挖，就會發現被巧妙地隱藏在裡面的附把手蓋子。

我用鍊金魔術解鎖打開蓋子，出現在我們眼前的是通往地下的入口，接著我們謹慎地走了進去。

隱藏通道的出口在瀑布的後面，映入眼簾的是氣勢磅礴的陣陣水花。

然後在相反的位置，則是連接到城內的一條地道。

「原來會通到這種地方啊。沒想到這裡的前面竟然和王城的地下連在一起，真是教人驚訝。」

芙蕾雅本人雖然是這條地下通報的情報來源，但她卻感到相當驚奇。

這也難怪，畢竟我已經消除了她的記憶。

「這是王族御用的緊急逃生路線。為了不被人發現，自然花了不少工夫。」

只有在城堡即將淪陷的時候，才會使用這條逃生路線。

就算到時從城堡殺來的追兵發現了這條城內的逃生路線，並一路追擊到這，抵達這裡時應該會認為逃走者已經跳下瀑布。

實際上，沒有人會認為從這裡會有條通往森林的隱藏通路。

所以才會特地讓隱藏通路形成分岔路口。

「大家，不管發生什麼事都不要從我身邊離開。從這裡開始，岔路會多得令人眼花撩亂。除了正確路線以外，可是即死陷阱的全套大餐。」

這也是逃生路線的常見手法。

為了在爭取時間的同時減少敵方數量，會打造堆積如山的岔路並設下陷阱。

為了保護王族的性命，這裡凝聚了當代首屈一指的技師運用畢生所學所設下的各種陷阱。

要是從正面硬闖，就連我都不見得能全身而退。

順帶一提，設計這條逃生路線的鍊金術士已經因為國王的命令而遭到殺害。

理由很簡單。因為他知道正確的路線與所有陷阱。

做到這種地步，已經踏入了偏執狂的領域。

所幸芙列雅公主的記憶正確無誤，儘管走了三十分鐘左右，但我們沒有遇上任何陷阱。

「這對吉歐拉爾王國而言肯定是機密中的機密，真虧凱亞爾葛哥哥能調查得這麼清楚。」

「我也是費了一番苦心才掌握這項情報的。好啦，我本來以為如果能不遇上敵人就抵達城裡的話就可以保留實力，但事情似乎沒這麼簡單。我們的朋友出現了。」

吉歐拉爾王不惜殺害設計者，也要堅守這條逃生通道的祕密。

所以我猜測他為了保密，肯定只會布署極少部分的兵力，但這種想法實在太天真了。

阻擋我們在眼前的，是被黑色霧靄所包圍，毫無任何理性的活屍。

如果是黑騎士的話，根本沒有保密的必要。

因為他們不僅絕對服從，也不會向外界洩漏祕密。

然後，我剛才提到朋友，並不是因為他們同樣是吉歐拉爾王國的人。

而是因為在黑騎士當中有一名勇者。

在那名外型格外出眾，虎背熊腰的壯漢手上，有著象徵勇者身分的徽章，儘管遭黑暗吞噬，如今卻也依舊閃耀著光輝。

「紅蓮，把妳的火焰借我。這傢伙是強敵。」

「真拿主人沒辦法，紅蓮就把力量借給主人的說。主人要是沒有紅蓮就什麼都辦不到的說。」

儘管滿嘴牢騷，紅蓮依舊用火焰纏繞我的劍。

眼前的勇者手上拿著斧頭。是【斧】之勇者嗎？

正好讓我拿來當熱身運動。

要是連喪失理性的不死身勇者都無法輕鬆擊敗，就更別說要贏過在擁有理性的狀態下成為不死之身的【砲】之勇者布列特了。

正好讓我試試自己的實力。

我握緊手中那把燃燒的劍，奮力往前踏出一步。

第八話 回復術士與【斧】之勇者單挑

我們在吉歐拉爾城的逃生通道奔跑。

此時，遭遇了一群敵人。

在那之中，有挑戰吉歐拉爾王卻慘遭敗北的三名勇者之一——【斧】之勇者。

我嘗試以【翡翠眼】確認狀態值，但卻無法看見。

一旦黑色瘴氣過於強烈，就偶爾會發生這種狀況。

當初遇見【砲】之勇者布列特的時候，也沒辦法確認那傢伙的狀態值。

……【斧】之勇者不僅是強大的敵人，現在也無法掌握他真正的力量，讓剎那她們來應戰勢必會有危險。

她們是重要的戰力，也是我寶貴的所有物（玩具）。

只能由我來應付他了。

「【斧】之勇者由我來對付。剎那妳們去收拾其他敵人。」

我迅速喊出指示。

對現在的隊伍來說，這個選擇想必是最佳解答。
芙蕾雅等人各自把武器拿在手上並點了點頭。
紅蓮則是把火焰纏繞在我的劍上。
「啊啊啊啊啊啊啊啊啊啊啊啊啊啊啊啊啊嗚嗚嗚嗚嗚嗚嗚嗚嗚嗚嗚嗚嗚嗚嗚嗚嗚！」
看樣子，【斧】之勇者甚至忘記該如何說話。
他發出噁心的呻吟並瞪視著我。
他是個我必須抬頭仰望的壯漢，身材比布列特還要健壯，全身都是厚實的肌肉。
但是異常膨脹的上半身和下半身看起來很不協調，讓人感到不快。
而他的長相是個五官非常端正的少年，這點也讓人感到詭異。
想必在遭到殺害之前，那雙眼神還充滿著活力，然而現在卻是猶如死魚般的空洞眼神。
武器是長度約有我的身高的斧槍。
儘管我不認為他能靈活運用這玩意兒，但從體格和肌肉來看確實有可能。
斧槍顧名思義，就是把槍與斧頭融合在一起的武器，無論打擊或斬擊都能運用自如，攻擊模式也非常多變。
但是也存在著缺點。
就是以單純的重量來說，比槍或斧頭更重。
由於原本就是大型武器，所以不僅運用起來十分困難，再加上本身的重量導致揮舞起來十分緩慢，設計理念實在令人質疑。
儘管重量在威力方面會形成優點，但要是打不中的話就沒有意義可言。
試著不斷主動搶攻來壓制他吧。
我這樣思考後往前踏出一步，但立刻戰慄不已。
「什……」
敵人猶如瞬間移動一般，以驚人速度拉近了距離。
這股速度遠遠超過我的想像。而且不僅是接近速度，就連揮動手臂的速度也同樣迅速。
想不到他身軀如此龐大，卻能用那武器使出在我之上的劍速。
眼看無法迴避，我便試著把劍傾斜架開他的攻擊。
然後，【斧】之勇者發出咆哮。
「嘎啊啊啊啊啊啊啊啊啊啊啊啊啊啊啊啊啊啊啊啊啊啊啊啊啊啊啊啊啊啊啊！」
大氣為之震動。
我完美地架開攻擊，斧槍滑在傾斜的劍上順勢擊向地面，隨後地面炸開，我也跟著被一起震飛。
原本以為能趁機追擊，想不到後續竟然會有這樣的攻擊襲來。
「雖然我知道這傢伙肯定力大無窮，但沒想到這麼誇張啊。」
我明明把攻擊順利架開抵銷了九成衝擊，但不僅肩膀脫臼，手臂也遭到粉碎。

儘管【自動恢復】的發動讓我勉強撐了下來，但要是沒有【自動恢復】，想必我已經被壓成肉醬了吧。

【斧】之勇者笑了。

然後，他這次使出一記橫劈。

攻擊速度依舊是神速的領域。

但是，我已經見識過這個速度。

既然知道就有辦法應對。

我用力一蹬，在空中扭轉身體順便賞了他一腳。

我這腳原本是打算踢斷他的脖子，但卻被肌肉給擋住了。

由於他打算抓住我的腳，所以我用另一隻腳把他踢回去，藉此拉開距離。

雖然我跳向後方，但敵人的突進速度卻比我更快。

而且，這次還充分活用了斧槍所具備的斧頭與槍兩種性質使出突刺。

要是我閃開槍尖，他便會直接以斧頭的刀刃轉用橫劈攻擊。

面對他連番攻勢，我絲毫沒有喘息的機會。

再這樣下去情勢會一面倒。

儘管我能架開攻擊，但戰況對我卻越來越不利。

不妙，這個攻擊距離、這個速度，我甚至無法確實地擋住下一擊。

……我要稍微亂來一下。

就把這傢伙當成我和布列特交手之前的練習台吧。

「【限界突破(Limit Break)】。」

我使出為了對付布列特所開發的魔術。

以前當我要提升速度時，都是把狀態值集中在速度上，但是布列特能擊發廣範圍的光彈使出地毯式轟炸，在與他交手時犧牲防禦力的風險實在太大。

為了與那傢伙戰鬥，我必須不改變狀態值的分配，讓自己在原本的狀態下變得更快。

所以我才開發了這招──【限界突破】。

正如其名，這招能解除腦部的限制器，大量釋放腦內快樂物質，促使身體做出超過極限的動作。

雖然這個構想司空見慣，只要透過魔術就能輕易實現，但這是一把會成為傷害肉體的雙面刃，因此任誰都不願嘗試。

儘管會有一瞬間加速行動，但很快就會達到極限，最糟糕的是會在預期之外的時間點變得無法行動。

但是，我有【自動恢復】。

我能隨時治療因為亂來而遭到損壞的身體，所以不僅能維持速度，也不會突然動彈不得。

正因為是我，才能把這種滿是缺點的缺陷技能運用自如。

我的身體進入加速狀態。

【斧】之勇者理應必中的攻擊也理所當然地揮空。

儘管我的理性在吶喊別放過這機會，但當我試圖踏出一步，本能的警鐘頓時響起，於是我當場停下了腳步。

【斧】之勇者沒有停止揮空的橫劈攻擊，而是繼續加速並順勢旋轉一圈。要是我一時衝動殺過去，早已被砍成兩半。

接著他保持這個動作並扭動身體，一邊往我的方向踏出一步，同時將橫向的迴轉運動變換為縱向。

儘管這次攻擊沒有打中，但斧頭撞擊到地面後引起一陣爆炸，讓石頭成為小石塊朝我襲來。而我把這些一一擊落。

「……沒想到會有如此了得的勇者。」

乍看之下是空有蠻力，但【斧】之勇者其實擁有相當出色的技巧。

他將斧頭當作自己身體的一部分，並以全身的力量揮舞。

更讓人吃驚的是，那把斧頭並非特別的武器，只是一把堅固的普通斧頭。

要是他保持清醒的話，想必能互相切磋彼此的技巧和力量，進行一場最棒的對決吧。

「真可惜。」

差不多該到結束的時候了。

就算再怎麼快速，技巧再怎麼卓越，遭到黑暗之力侵蝕的傢伙根本沒有任何戰術。只是在豁出全力擊倒對方。

不僅攻勢單調，節奏也被我掌握了。

以我現在處於【限界突破】的狀態下，肯定能打倒他。

於是我首次主動拉近距離。從我的眼瞳中透出翠綠色的燐光。

我把【翡翠眼】強化到極限。

在極限的動態視力下，周圍的景色也跟著變得遲緩。

現在的我，甚至能捕捉到【斧】之勇者的神速一擊。

【斧】之勇者選擇迎敵用的橫劈。

我像貓那般壓低身子鑽進斧槍下方，然後再進一步以劍柄由下往上敲擊【斧】之勇者的橫劈。

一陣風從我的頭上掠過。

我把手腕一轉，變成把劍往上高舉的姿勢。並直接以渾身的力量往斜下一揮。

紅蓮的淨化之焰砍斷了黑色霧靄，鮮血頓時泉湧而出。

我氣勢洶洶地朝著往後退的【斧】之勇者踏出一步，並用追擊的突刺貫穿了他的心臟。於是，紅蓮之火從內側將瘴氣燃燒殆盡。

我拔出劍。

巨人雙膝跪地。

他原本空洞又沒有映照出任何事物的眼神重新取回了理性的光輝。

接著他望向我。原本以為是要吐出怨言，但他卻露出了微笑。

「謝謝你……殺了我。」

真讓人驚訝。

雖然我已經好幾次用淨化之焰驅除黑色霧靄，但他還是第一個能恢復神智的人。

既然他不再是敵人，便治療他吧。

……不對，事到如今也太遲了。

他已經死了。只要還活著，無論任何傷病都能靠我的【恢復】治癒，但唯獨死人沒辦法治好，而且也無法奪走記憶。

他之所以能像這樣說話，是因為體內還殘留著黑色霧靄的碎片。

但是，那些殘留的黑色霧靄，也逐漸遭到淨化之焰驅除。

「告訴我，像你這麼厲害的男人為什麼會輸？」

雖說有經過黑暗之力強化，但我不認為能與等級超過200的我戰得平分秋色的男人，會輸給一般的對手。

布列特的話是有可能殺死【斧】之勇者，但三名勇者挑戰吉歐拉爾王卻慘遭敗北的時期，和我與布列特再次相遇的時期一致。

換句話說，能打倒這傢伙的存在就在王的屬下之中。

「殺死我的，是女王……」

此時，在他體內的黑色殘渣也燃燒殆盡了。

他剛才說「女王」。儘管沒有說完，但也讓我肯定確實有那樣的存在。有趣。我就連那個身分不明的敵人一起打倒吧。

「凱亞爾葛大人，這邊結束了。」

「有紅蓮的淨化之焰就很輕鬆呢。」

在我和【斧】之勇者交手的期間，負責應付其他雜碎的剎那等人也回來了。

這裡的敵人已經收拾完畢。這樣就能繼續往前了。

前面還剩下兩名勇者，以及殺害【斧】之勇者的某個存在嚴陣以待。勢必要比以往更加繃緊神經才行。

我已經能看到吉歐拉爾王的首級。一秒也好，真希望能快點殺掉他。

第九話 回復術士突破逃生通道

打倒【斧】之勇者的我們繼續往更深處前進。

不過話又說回來，這條逃生通道也準備了太多條岔路了吧。

岔路不只多，還刻意處理成讓人難以區別的相似外觀。

真虧芙列雅公主能記得這麼複雜的路線。

我得感謝她不是有這裡的地圖，而是把路線具體記在腦海。

畢竟在不清楚路線的情況下，要突破這裡根本是天方夜譚。

芙列雅公主在魔術有著極高的天賦，又善於掌握人心，不但思維清晰、美貌出眾，甚至還有能讓所有人陶醉其中的歌唱才能。

除了個性之外，堪稱是個完美的少女。

當然，也正因為這糟糕的個性使然，害這些優點全都變成白搭。

在某種意義上，讓她成為我的所有物（玩具）或許是件好事。

畢竟她能改善那糟糕的個性，都得歸功於我。

我一直以來讓成為芙蕾雅的芙列雅公主處處與吉歐拉爾王國作對，讓她殺害了無數名吉歐拉爾士兵。

而且，現在終於要讓她參與殺害自己父親的行動。

不，僅止於參與太無趣了，或許該讓芙蕾雅給吉歐拉爾王補上最後一刀。

要是我在之後把記憶歸還給她，不知道會發生多麼有趣的事情？

……我用【改良】所發動的記憶操作並非消除記憶。

只是讓本人遺失拉出記憶的鑰匙。

只要我有那個意思，隨時可以讓她們想起那些記憶。

但令人煩惱的是，我已經愛上了「芙蕾雅」。

要向芙列雅公主復仇，我只需把她自己至今做的事情展現給她看就行了。雖然那樣確實很有意思，但就此失去重要的所有物（玩具）也實在可惜。

「凱亞爾葛大人，你這樣一直盯著我的臉看，會教人很害羞的。」

或許是誤會了什麼，芙蕾雅的臉上染上一層紅暈。

真是個笨蛋。

她完全沒發現我在想什麼。

「不，我只是覺得芙蕾雅很可愛。」

是要徹底玩壞她達成完美的復仇，或者是將她視為奴隸使喚一輩子。

……等到讓芙蕾雅殺死吉歐拉爾王之後再來決定吧。

我要徹底考慮哪種做法更能令我樂在其中。

「真奇怪呢。從第一波襲擊結束之後，敵方就沒再發動任何攻擊。」

身為軍師的艾蓮這樣喃喃自語。

話說回來，這傢伙也是吉歐拉爾王的女兒，諾倫公主。

不過我對她倒是沒有那麼強烈的恨意。

她只不過是殺害我的摯友，罪狀尚輕。

更何況，哪怕我讓她想起自己在失憶期間一直與吉歐拉爾王國針鋒相對，她頂多也只會回說「那又怎樣？」，心臟非常強大。

老實說，她就算回復記憶也不會受到什麼打擊。

所以就一直飼養她，直到我膩了為止吧。

「聽妳這麼一說，的確很奇怪啊。」

「嗯，吉歐拉爾王雖然已經偏離人道，但至今以來的成就證明他並非是名昏庸的國王。可是他卻只派出部分士兵迎敵，這實在令人匪夷所思。」

「艾蓮，妳可以想到幾種狀況？」

我認為身為軍師的艾蓮足以信任，進一步聽取她的意見。

「……也許他在設法讓我們大意。比方說，他或許在假裝自己有心要保護這條逃生通道。」

「這樣做有什麼意義嗎？」

「我打個比方。他有可能打算破壞這條逃生通道，藉此把我們活埋。所以只有一開始派出士兵迎敵，好隱藏他真正的意圖。因為只要看到士兵，就能讓我們產生他不打算捨棄這個地點的錯覺。」

「有意思，還有其他的可能性嗎？」

「就是爭取時間。派出小規模部隊迎敵雖是下策，但是以拖延時間這個目的來說確實相當有效。」

這兩種狀況都有可能。

說著說著，地面突然傳來震動，這是……

「看來艾蓮的預測應驗了啊。」

「的確是這樣沒錯呢。」

一陣令人不悅的嘎吱聲音響起。

牆壁開始出現裂痕。

這個現象存在於芙列雅公主的記憶裡面。其實要運用他人的記憶相當困難。要是沒有掌握正確的關鍵字，提取出來的情報就會有所遺漏。

事實上，儘管我知道關於通道會像這樣崩塌的記憶，但卻沒能想起來。

這正是這條逃生通道最大的陷阱。

設計這條通道，是為了讓王族在城堡遭到攻陷時可以藉此逃難。

至於設計者，是名天才鍊金術士。

他是這麼認為的——

在王族脫逃之後，自然沒有留下這條通道的意義。

所以為了保護通過這條通道逃跑的王族，應該要使用這條逃生通道確實埋葬追兵。

那個方法就是……

「是讓逃生通道崩塌，好壓死侵入者的陷阱啊。剛才那些傢伙是為了不讓我們領悟到這點而設下的布局嗎？被擺了一道。」

「芙蕾雅，請竭盡全力，朝著天花板擊發妳威力最強的魔術！」

艾蓮大聲喊叫。

「不用擔心。就算不拿出全力，只要拿出三成左右的力量就夠了。」

「不行，麻煩妳使出全力！從剛才踩在上面的觸感來看，這條逃生通道所使用的石材都經過抗魔力的加工處理。」

這也太浪費了吧。

這麼大規模的逃生通道竟然全都是以抗魔力加工過的石材建造，這筆錢搞不好還可以買下一兩座城堡。

況且竟然還是用一次就得報廢的玩意兒，根本就不是正常人的思維。

要是國民發現自己的稅金竟然被用在這種無意義的事情上，肯定會哭出來吧。

但是，這的確是當下最為有效的手段。

要以物理攻擊彈飛眼前的高質量物體恐怕是不可能的。這和使用者的技巧再怎麼出色毫無關聯。

唯一的應對方法就是戰略級魔術，但即使是戰略級魔術，對付經過抗魔力加工的石材也不一定能起到有效的作用。

說到唯一例外，就是比上百名一般魔術士合力發動的儀式魔術更上一層樓的魔術。

在這個世界，唯獨一個人能使出這樣的力量。

芙蕾雅架起魔杖，然後生成了一股龐大到無可理喻，擁有壓倒性能量的魔力。她打算照艾蓮說的，以全力擊發魔術。

光是感受到這股高漲的魔力，就讓我泛起陣陣雞皮疙瘩。

這就是【術】之勇者芙蕾雅真正的力量。

接著，芙蕾雅朝向天花板高舉魔杖。

在上空展開了七層的立體魔法陣。

天花板開始崩塌。與此同時，芙蕾雅也成功擊發魔術。

「吾釋放的乃是紅蓮業火……第七位階魔術【炎帝】。」

那是一道直衝雲霄的紅蓮之柱。

人類的極限被視為只到第五位階，唯獨【術】之勇者可以使用超出兩個階級的神代魔法。

芙蕾雅在這個階段，就已經達到在第一輪世界中的她所領悟的極致能力。

不，她甚至超越了第一輪的芙列雅公主。

儘管她釋放出這股龐大的熱量，卻絲毫感受不到熱度。

魔術是超越了物理法則的能力。

她將所有熱量壓縮在這道紅蓮之柱，絲毫沒有外洩出任何能量造成浪費，完美地控制了這股力量。

紅蓮之柱輕易地貫穿了擁有抗魔力特性的石材，並直衝天際。

接著，天空乍現。

「好漂亮。」

剎那豎起了白色狼耳，並發出驚嘆的聲音。這股強大的力量並未讓她的內心產生恐懼，取而代之的是敬畏。

之所以能看見天空，是因為這股力量不僅打穿了逃生通道，甚至還一路貫穿到地表城堡的最上層。

真是有夠誇張的威力。

地震依舊在持續。儘管四周的牆壁都已經崩塌，但唯獨正上方所有一切都被轟飛的我們依舊平安無事。

如果光論攻擊力，芙蕾雅在所有勇者中毫無疑問是最強的。

「呼～怎麼樣？」

「真是令人讚嘆的魔術。來，喝下這瓶恢復藥吧。」

我遞給她自己製造的藥水，這具有提升魔力回復量的效果。

魔力恢復藥分為兩種。

一種是事先溶入魔力，只要喝下就能加以吸收並立刻回復。

另外一種，則是增加在體內生成的魔力量。

如果是一般的魔術士用前者便綽綽有餘，但到芙蕾雅這種等級，要是回復的量固定反而只是杯水車薪。

因為她擊發了這種非比尋常的魔術，要是不趁現在回復就糟了。

芙蕾雅喉嚨咕嘟一聲，將恢復藥一飲而盡。

「好啦，既然沒辦法前進，我們也只有往上走了。」

要打通崩塌的逃生通道來繼續前進的話就太麻煩了。

幸運的是我們已經來到城堡底下。

那麼，最快的方法就是直接從芙蕾雅打穿的洞爬上去。

我把手放在牆上，並發動鍊金魔術。

在被打爛的牆壁上創造出土壤與石頭，形成一層螺旋式階梯。

像這種程度的招數，對我來說是輕而易舉。

「凱亞爾葛大人也好厲害。剎那就沒辦法做到這麼靈活的事。」

「這讓我也想使用魔術呢。」

「妳們不需要勉強自己做辦不到的事……我雖然樣樣都會，但樣樣都不精通。妳們還是在自己擅長的領域繼續磨練比較好。」

我只不過是能好好運用身上的諸多手牌，設法打破僵局罷了。

我在魔術上不及芙蕾雅，劍術劣於克蕾赫，在戰略方面和艾蓮相較也是略遜一籌。剎那在目前雖然比不上我們，但以才能來說，她可說是我們之中最頂尖的。

我們一邊保持警惕，同時爬上螺旋階梯。

畢竟我們為了不被活埋，發射了那麼豪華的煙火。

想必馬上就會有敵人來迎接我們。

在這個節骨眼上，吉歐拉爾王沒有理由像剛才那樣刻意派出小規模部隊掩人耳目，勢必會使出全力擊潰我們。

看吧，來了。

身上纏繞著黑色霧靄的士兵從芙蕾雅擊出的大洞中觀察著我們的行動，源源不絕地衝了過來。

在那裡面很有可能混進了剩下的兩名勇者。

「所有人聽著。把敵人全部殲滅只會浪費時間和體力。所以我們要突破他們的包圍，直接衝向萊娜拉之間。在那裡的地下，有那傢伙的野心來源——那個禁咒裝置。」

這塊大陸上最為美麗的花朵，萊娜拉。

在吉歐拉爾城中最為清靜且安祥的地方盛開著這種花朵，那個地方，就是芙列雅公主下令打造的萊娜拉之間。

會將令人作嘔的慾望隱藏在那麼美麗的場所地下，真是有他們的風格。

一旦抵達那裡，就是我們贏了。

所以接下來就是將眼前這些不倫不類的敵人殲滅，迅速拿下勝利吧。

第十話 回復術士與兩名勇者對峙

芙蕾雅全力擊發的魔術不僅貫穿了地下逃生通道，甚至還擊穿了地表的城堡，創造了一條道路。

目前我們正藉由我以鍊金魔術製成的螺旋階梯衝向地面。

「敵人來迎接我們了！」

此時，吉歐拉爾王所創造的一群黑騎士朝我們襲擊過來。

在這群人裡面，很有可能存在著能製造黑騎士的黑騎士。

要是我們之中的某人被變成黑騎士就玩完了。

所以必須要特別小心。

歡迎我們到來的箭雨和魔術暴雨傾注而下。

「我到前面打頭陣，克蕾赫負責保護芙蕾雅和艾蓮。剎那，妳應該能保護好自己吧？」

「明白了。我不會讓敵人碰到芙蕾雅與艾蓮一根寒毛。」

「嗯，剎那也沒問題。」

雖說芙蕾雅是優秀的輸出砲台，但自衛能力依舊相當薄弱。

歸功於每天早上和剎那的訓練，她總算成為了足以獨當一面的戰士，但要她孤身一人克服眼前的戰況實在強人所難。

「主人要保護好紅蓮的說。」

「我知道！」

變成小狐狸模樣的紅蓮在我耳邊發出叫聲。

要是失去這傢伙，可就沒辦法消滅那些黑騎士了。

敵人放出的箭雨與魔術不斷地擊中周遭。

但我只應對會直擊我們的弓箭和魔術。

我以劍劈落箭矢，再以【翡翠眼】看穿魔術的性質，運用有利屬性的魔術有效率地一一擊落。

因為我【模仿】過能使用四大屬性的芙蕾雅擁有的技能，所以才有辦法以這種方式應對。

由於打頭陣的我清掉了絕大多數的攻擊，後方的剎那她們顯得較為游刃有餘。

穿過箭雨和魔術之後，在前方等著我們的是已經拔劍的大群黑騎士。

「紅蓮！」

「了解的說！」

紅蓮的火焰纏繞在劍上。

我想避免在這裡消耗魔力。

所以我沒有使用剛才實驗過的【限界突破】，而是透過【改良】將狀態值改為偏重在攻擊上，承擔防禦變薄弱的風險。

話雖如此，畢竟我的等級已經超過了２００。

只要敵人沒有達到勇者級別，就算偏重在攻擊上也不會受到特別嚴重的傷害。

「喝啊啊啊啊啊啊啊啊啊啊啊啊啊啊啊啊啊啊啊啊！」

我豪邁地橫劈過去。

一劍橫掃站在前方的五名黑騎士。

這劍讓眼前敵人腰部以上的軀體應聲消散。

然後我再往前踏出一步，以同樣的攻擊消滅後面一排的黑騎士們。

由於我使用的方式粗暴，劍立刻就折斷了。

「這把劍真不耐用啊。」

「紅蓮早就說過了，是主人用劍的方式太粗暴的說！」

我回收了五把掉在地上的劍。

然後使用鍊金魔術。

我草率地把五把劍的刀身融化並進行重鑄，製作出新的刀身。

完成的是一把厚重巨大且耐用的劍。

由於是倉促下製成，鋒利程度並非特別理想，但這樣就算我再怎麼粗暴地使用也不會壞。

如果是我現在的狀態值，要揮動這把超級沉重的劍也不成問題。

我確認紅蓮把火焰纏繞在劍上，然後便以突進攻擊轟飛在前進路線上的敵人，並深入敵陣中心。

接著，我在中心處迴轉身體使出旋劈。

隨後便有好幾名敵人的軀體在空中飛舞。

劍沒有折斷。很好，如我預期的一樣堅固。

這樣就能繼續戰鬥。

「看來你們根本敵我不分啊。」

我以為只要突入敵陣，對方就不會使用弓箭或魔術攻擊，但事實證明我的想法過於天真。

或許是因為自己人擁有不死身，再不然就是貫徹著排除敵人的這個簡單命令，他們抱著自相殘殺的覺悟射出箭雨和魔術進行攻擊。

他們這麼做，擔任前衛的黑騎士們必然會被捲入其中。

雖說用超級沉重的劍去擋下攻擊有點麻煩，但不代表無法應對。我一邊採取防禦行動同時繼續向前推進。

「嘖！」

背脊突然感受到一股寒意。

我用【劍聖】的技能【看破】察覺到敵人的攻擊。

這種特技能讓我瞬間掌握踏入自己劍域的一切物體。

原本的話我會迅速做出應對……但對方的攻擊實在太快。

我的劍域範圍長達兩公尺五十公分，如果是一般攻擊，我能迅速反應並做出應對。

但是，這次的攻擊等到侵入兩公尺五十公分之後才反應過來的話就太慢了。

這個攻擊快到能將聲音甩在後面。

因此我能做的，就是稍稍壓低身體避開要害。

隨後肩膀受到沉重的衝擊，我被擊飛到後方。

打中我的攻擊是一發鉛彈。它打爛我的體內並直接貫穿過去。

一股劇烈的疼痛流竄全身，所幸【自動恢復】立刻治癒了傷勢。

在我腦海內的知識告訴我。

這是槍。

是遙遠的西方國度才剛著手製作的武器。

根據我的知識，這種武器威力驚人，但是在射程、準度以及射速都比弓箭略遜一籌，所以目前還沒有被正式運用。

在吉歐拉爾王國同樣也不注重這套武器。

換句話說，使用這個攻擊的人很有可能來自另一個國家。

我立刻挺起身子躍向前方，隨後我剛才倒下的場所就遭到粉碎。

接著我從子彈飛來的方向判斷位置，瞪視射手所在的方位。

【看破】甚至能算出攻擊的侵入角。儘管我無法擋下攻擊，但已經掌握對方的所在位置。

我在兩百公尺前方的高台上發現了敵人。

一名長髮，臉頰消瘦的男子正操作著一把長筒狀物體。那就是槍嗎？

當他扣下扳機的那一瞬間，我便用劍彈飛子彈。

不論他的攻擊比聲音還要快上幾倍，只要有足夠的距離反應，我就能確實應對。

「只不過是個淪為輸家的勇者。打輸就算了，竟然還對著要完成你遺志的人扯後腿，真是丟臉。我可不想變成像你這樣悲慘的存在。」

我以【翡翠眼】確認過狀態值後得知了他的名字。

那傢伙是【槍】之勇者雷斯托爾・斯托萊夫。

是挑戰吉歐拉爾王卻戰敗的其中一名勇者。和那個【斧】之勇者不同，這次有確認到他的狀態值。

那麼，另外一名勇者應該也在這裡。

和【斧】之勇者當時的情況不同，假如他們並非為了拖延時間，而是打算擊潰我們，應該不會只派出小規模的戰力。

看吧，已經來了。

黑騎士們讓出了一條道路。

一個體格緊實，猶如豹一般沒有任何多餘贅肉的少女從那條道路疾馳而來，朝著我刺出長槍。

我把劍一橫架開了她的攻擊。

這一擊十分沉重。

就算長槍被彈開，少女也絲毫紋風不動，反而是活用長槍的長度順勢使出連續突刺。

我搖晃身體進行閃躲，但原本以為躲開的長槍卻突然伸長，超出我的目測距離刺中手臂，雖說傷口噴血，但所幸只是皮肉傷。

看樣子那武器有某種機關，只是後退無法迴避攻擊。

我必須一邊和她周旋，同時設法拉近距離。

以長槍為武器的人，很怕對手鑽入懷裡打近身戰。

畢竟長槍得花上時間收回，就算用橫劈也因為得高舉過頭而存在著時間差。

但是，不可能的事情發生了。

那把長槍突然縮小，害我吃下了原本不該中招的迎擊。

我嘖了一聲，急忙跳向旁邊。

「原來不是招式，是槍本身會產生變化啊。」

雖然乍看之下是很樸實的能力，但能夠伸縮自如的長槍非常難對付。

既能強化長槍這種武器的優點，同時也消除了大部分的缺點。

這讓她可以維持不講理的攻擊距離並保持壓制力，還可以配合突刺伸長來加強威力，一旦被人鑽進懷裡，就縮短長度提高應對能力。

拜此所賜，我從剛才開始就苦無進攻手段。

此時，【槍】之勇者再次使出狙擊，我在千鈞一髮之際勉強躲開。

真棘手啊。

要同時面對兩名勇者與一群黑騎士確實有難度。

雖說現在【槍】之勇者在瞄準我，但要是他把目標換成芙蕾雅或是艾蓮，我也無法確保她們的安全。

那麼，現在就得由我承擔風險了。

「芙蕾雅，十秒後朝著我指的方向釋放冰魔術，冰塊越厚越好。」

「明白了！」

「克蕾赫、剎那。我會在芙蕾雅發動魔法的同時開出一條路，到時妳們就抱著芙蕾雅和艾蓮往前衝。艾蓮應該知道目的地才對。」

「……是這個意思啊。明白了。」

「嗯！雖然剎那想和凱亞爾葛大人留下，但會按照你的命令去做。」

「請放心。在凱亞爾葛哥哥不在的時候就由我負責指揮。」

我一邊擋住【槍】與【矛】之勇者的猛攻，同時為了開出一條路進行準備。我提高魔力，變更技能的配置。

芙蕾雅的魔術完成了。

「第七位階冰結魔術……【冰獄】！」

【槍】之勇者站立的高台急速凍結，封住了他的瞄準視野。

【槍】之勇者在千鈞一髮之際成功閃開，只有右臂進入凍結狀態。儘管沒能成功殺死他，但這樣一來至少暫時阻止了他的狙擊。

我要趁這個機會開出一條路。

在避開要害的前提下，我故意接下【矛】之勇者的攻擊，用肌肉封住了她的武器。

既然不好擋，就乾脆不要擋。

我為了這個目的而把狀態值都分配到防禦上。

當我往前踏出一步砍去，那傢伙便放開長槍跳向後方。我當然不會放過這機會，只可惜礙於以五把劍鑄造的這把武器實在太重，來不及用劍進一步追擊。

所以我丟開重劍，再次拉近距離並使出巴投，將她摔到距離芙蕾雅等人老遠的後方。

煩人的傢伙從視野中消失。這樣一來我總算能出招了。

我再次撿起大劍並灌注魔力。

「啦啊啊啊啊啊啊啊啊啊啊啊啊！」

然後高舉，使出全力甩了出去。

注入了魔力的大劍猶如子彈一般朝前方飛去，將黑騎士一個一個轟飛。

在劍通過的地方開出了一條路。

由於我們已經登上螺旋階梯比較高的位置，投擲出去的大劍就這樣插進了樓梯末端的牆壁。

接著，我們朝著開出來的道路全速衝刺。

「唔！」

刺中我的長槍突然一陣顫動，然後被一股無形力量拔出回到了主人身邊。

這樣我就確信了。這把長槍是【神裝武具】。

重新拿到長槍的【矛】之勇者從遙遠的後方追了過來。

我望向【槍】之勇者，他正不斷朝著芙蕾雅製造的魔冰開火，即將要破冰而出。

儘管我們已經爬上了螺旋階梯的頂部，但【矛】與【槍】兩名勇者都跟在後面緊追不捨。

如果只有我的話那還好說，但要抱著芙蕾雅和艾蓮移動根本不可能甩開他們。

「這裡交給我，妳們先走！」

所以，我得在這殺死【矛】與【槍】兩名勇者，讓剎那她們趁機先往前進。

儘管我不希望讓戰力分散，但是面對【槍】之勇者時，我沒有自信能保護好芙蕾雅與艾蓮。

而且，要是讓芙蕾雅和艾蓮先行一步，克蕾赫與剎那自然也得跟上去擔任護衛。

「紅蓮，妳也過去。不過在走之前，麻煩妳幫我把這一帶的所有武器都附加火焰。」

「這可是出血大放送的說！所以主人不可以死掉的說！」

紅蓮將插在牆壁上的大劍以及隨意撿起的六把劍附加上火焰。隨後我拔出了刺在牆上的劍，剩下的則先插在地上備用。

這是我的武器庫。

製造這個武器庫的目的是為了讓紅蓮跟著克蕾赫她們先走一步。

我把小狐狸狀態的紅蓮朝著艾蓮扔了過去。

艾蓮緊緊地接住紅蓮後開始往前奔跑。

看到剎那等人從我的視線消失，我轉頭俯瞰螺旋階梯的下方。

「你們可別想再往前一步。」

彷彿對我的話起了反應似的，【槍】之勇者舉槍發動狙擊。

我直接打落了煩人的子彈。

接下來就是和時間賽跑了。

我得盡快殺了【槍】與【矛】之勇者，和剎那等人會合。

接著，我們要衝向抵達萊娜拉之間，破壞那個不祥禁咒的儀式裝置。

第十一話 回復術士獲得伴手禮

讓剎那她們先行一步之後，我在螺旋階梯的頂層舉劍嚴陣以待。

要是芙蕾雅的冰結魔術能讓【槍】之勇者就此動彈不得的話，其實可以省下不少力氣，但看來無法一帆風順。

以他的狀態值來看應該擋不住那一擊才對，但事實上他卻用槍擊粉碎了芙蕾雅的冰。

這是我是第一次看到槍，老實說的確很難對付。

雖說和布列特的【砲】相較之下，攻擊範圍、連射性能以及泛用性上都略遜一籌，但相對地單發的速度以及威力卻更高。

可說是一點集中型的武器。

要是專心去對付他應該擋得住；但反過來說，要是我的意識沒有集中在他身上，或是在失去平衡的狀態下遭到攻擊，就非常難擋住他的攻擊。

比音速還要快上三倍的速度就是如此危險。

我的【恢復】能治療任何狀況的傷勢，但僅限於活著的狀況下，要是吃下即死攻擊，哪怕是我也無能為力。

如果是射中心臟我還能勉強撐一陣子。最壞的狀況就是被一槍爆頭。

無論如何都得避免這個狀況發生。

然後，另一個棘手的是【矛】之勇者。

從剛才交手的感覺來看，如果是一對一的話並不是那麼難對付的敵人。

與【斧】之勇者相較之下，實力有明顯落差。

問題在於我在對付她的時候，必須時刻保持警戒姿勢，防範【槍】之勇者的狙擊。而且除了這個限制之外，還有一群黑騎士在旁邊礙事。

因此我沒辦法快速分出勝負。

那麼，我要做的事情只有一件。

就是把打倒【槍】之勇者視為最優先事項。

一旦擊倒【槍】之勇者，剩下的都好解決。

「好啦，方針已經決定了。」

我緊握大劍，閃開了【槍】之勇者的狙擊。

我還得維持目前的這個僵局兩分鐘。

只要爭取到兩分鐘，這些傢伙就無法追上剎那她們。

一旦爭取到足夠的時間，我就要抱著玉石俱焚的決心，發動特攻擊潰【槍】之勇者。

那傢伙目前位在城堡二樓的高台，距離這裡有兩百公尺遠。

我一邊思索抵達那裡的方法，同時擋下對手的連番攻勢。

最優先的考量是不讓自己失去平衡受到致命的一擊，但也必須小心別被敵人以人海戰術圍攻。

當我以後跳閃開長槍之後，眼前的長槍突然伸長，朝著我的額頭直擊過來。我頓時歪了下頭，勉強閃過了這擊。

第一次看到時是中招了沒錯，但我沒有蠢到會被打中第二次。

畢竟我確定這是【神裝武具】，也掌握了它的能力。

就是可以自由變換長槍的長度。

正因為能伸縮自如，所以就算我認為閃得開，長槍依然能近身攻擊我，而且還可透過伸長進而達到瞬間加速的效果增加威力。

即使從防禦的角度來看，一旦被敵人衝入懷中，越長的槍自然就會有越容易露出破綻的缺點，但就算我衝入懷中，這把槍也可立即縮短，讓她能迅速做出應對。

雖說絕對稱不上亮眼，但卻是適合實戰的好武器。

從她使用長槍的動作，可以窺見她在變成吉歐拉爾王的玩具之前，曾按部就班地努力了很長一段時間。是個既勤奮又努力的人。

但可惜的是她太年輕且缺乏實戰經驗。攻擊方式過於照本宣科，在技術方量也終究沒能跨出凡人的領域。

此時我的右肩中彈，被整個震飛出去，直接撞上牆壁。

「槍倒是很棘手啊。」

就算再怎麼警戒，總是會有被抓到破綻的時候。

我打從一開始就有會中彈的覺悟。

但即使如此，我也會以絕對不要讓頭部被打中的原則行動。

一個黑騎士向我衝來，我粗暴地將他砍倒。

雖然我打倒了在場的敵人，但紅蓮的火焰也耗盡了。

於是我換上另外一把劍。

兩分鐘比想像還要長啊。

當第二把劍的火焰燃燒殆盡的同時，才總算經過了兩分鐘。

「總算輪到我進攻了。」

接著，我將會在【槍】之勇者攻擊的時機發動突擊。

我透過剛才的戰鬥明白了一件事，他要擊出下一發得間隔一秒鐘的時間。

換句話說，只要我有辦法在一秒以內近身的話就能拿下勝利。

我預測他射擊的時機，從螺旋階梯朝著那傢伙所在的高台跳了過去。

由於我跳了起來，子彈只擊中我的腳邊，成功迴避了這一擊。

但是，即使是我也無法一次跳這麼遠的距離，所以我在距離【槍】之勇者所在的高台不遠處的空中失速。

就在此時，我用嘴巴銜住劍柄。

然後把雙手伸向後方，使用【風】與【火】的複合魔術。

「【爆風】！」

魔法一經詠唱，便爆發出與名字相符的招式，我藉由這股龐大推力直接朝向【槍】之勇者飛去。

以這個速度的話，不到一秒便可飛越兩百公尺。他肯定無法瞬間做出迎擊。

但是，那傢伙卻開火了。

原來一秒鐘的空檔是他的陷阱。

為了讓我以為無法連射，他在每次射擊之後都會刻意留下一秒的間隔。

哪怕遭到黑色霧靄侵蝕失去理性，長年以來的戰鬥經驗依舊深深地烙印在他的體內。

既然他是槍手，肯定也遇過會瞄準射擊間隔攻擊的對手，而且多到令人生厭。

正因如此，他才特地學會這個戰略。

有意思。

原本那傢伙的子彈就是音速的三倍。

雪上加霜的是，我自己現在也以趨近音速的速度飛行。

我們彼此的速度使得接觸時間縮短，威力也更是強大。而我在緊急加速之後也無法馬上轉換方向。

再加上那傢伙正確地瞄準了我的眉間。

事到如今根本不可能應對。

等待我的是確實的死。

要是眉間遭子彈擊碎並直接貫穿，擊毀我的大腦，肯定是當場死亡。

要是即死的話，【自動恢復】也不會發動。

是我輸了。

不過，前提是這種狀況有在現實發生才行。

眼前的光景，是神鳥咖喇杜力烏斯賜給我的左眼，【刻視眼】的力量所看到的未來。

【刻視眼】能夠看到幾秒鐘之後的未來。

儘管這股力量會劇烈消耗體力，我鮮少使用，但為了能確實幹掉【槍】之勇者，我還是動用了【刻視眼】。

在現實中，我不過才剛躍上空中。

要是像剛才預測的那樣用【爆風】直接衝過去的話肯定會死。

所以我在使用【爆風】時，刻意減弱右手【爆風】的出力。

於是，我在空中的軌跡偏移，形成不規則飛行，而對手的瞄準十分精準，所以子彈反而無法擊中我。

我在著地前一刻發出逆向噴射，藉此抵銷這股衝勁順勢著地。

或許是因為太過亂來，害我的雙手都碎了，但根本不用在意。

因為【自動恢復】立刻發動了。

【槍】之勇者正舉槍瞄準我。

我以迂迴複雜的步伐接近他的身邊。

這是對付槍手最為簡單的戰法。

就是連一次都別站在槍口的直線上。

只要用這種方法保護自己，自然不會被射中。

等手臂【自動恢復】結束的這段期間實在讓人心煩。

我銜住劍衝過他的身旁，兩個人錯身而過。

用咬在嘴上的劍刃砍傷了【槍】之勇者的脖子。

哪怕【槍】之勇者有黑色霧靄之力保護，一旦遭到纏繞著紅蓮之火的劍砍傷，也無法讓傷勢癒合。

我從持續流出鮮血的【槍】之勇者後面將他固定住。

「【掠奪(Heal)】。」

畢竟機會難得。當時對付【斧】之勇者時雖然沒能趕上，但我可以趁【槍】之勇者死前的幾十秒時間，得到他的技能、力量以及記憶。

我想要這傢伙的技能，更重要的是我想知道三名勇者到底是怎麼被殺的。

【掠奪】結束後過了兩秒，【槍】之勇者斷氣死亡。

「我很久沒有覺得自己說不定會死了呢。」

我對眼前的強敵表達敬意並獻上默禱，同時探索從那傢伙奪來的記憶。

「嘖！原來是這樣啊。」

我本來就很好奇明明有技術爐火純青的【斧】之勇者，以及以支援能力見長的【槍】之勇者在場，為什麼他們還是輸給了吉歐拉爾王，但是在看過記憶之後，我就明白是怎麼回事了。

這三個勇者會輸是理所當然的。

要是毫無對策去挑戰那種東西，就連我們也會敗北。

【槍】之勇者的槍雖然不是【神裝武具】，只是由一名矮人族製造出來的魔道具，但那矮人好歹也被稱為世界第一的鍛造師，是傳說級的人物。

因此，那把武器極為強力，絲毫不亞於【神裝武具】。

我拿起了那把槍，以【改良】設定了我剛才從那傢伙身上收下的技能。

這把槍的能力，是能將持有者的魔術塞進子彈裡面。

【槍】之勇者擅長的魔術名為【加速】，他將這魔術灌進子彈裡面，藉此提高彈速並增加威力。

至於我，當然是附加【改惡】。

我立刻使用剛才設定的那個技能。

那就是【超感覺】。

這個技能會使得周圍的景色看起來移動得莫名緩慢。

具體效果是延長體感時間，倍率是五倍。

這是相當強悍的技能。

我用槍瞄準【矛】之勇者。

多虧有【超感覺】輔助，瞄準變得相當輕鬆。

再加上我用【翡翠眼】獲得了超視力、超動態視力以及透視能力加持，而且還有【刻視眼】能預知未來。

這樣要打偏反而困難。

隨後子彈擊出，【矛】之勇者的頭立刻遭到貫穿。

儘管打穿了她的腦袋，但敵人是黑騎士，能靠著黑色霧靄之力癒合傷口，但是我附加在子彈上的【改惡】發動，扭曲了她全身的肌肉，讓她連一根指頭都無法動彈。

「嗯，真方便。這把槍就帶走吧。」

我以皮帶把槍固定在背上，並取走了【槍】之勇者放在胸口的所有子彈。

要自己製作這些子彈頗費時間，況且我也只能做出差強人意的成品。

一旦子彈耗盡，我要不是去拜訪這傢伙記憶中的矮人族，再不然就是把槍扔掉吧。

我和來的時候一樣使用【爆風】回到了螺旋階梯，並回收插在地上的火焰之劍。

在擊退場上的黑騎士後，砍下了連一根手指都動不了的【矛】之勇者的首級。

隨著這傢伙的死亡，她擁有的【神裝武具】變回了寶玉，我將其收回懷裡。

克蕾赫有【劍聖】代代相傳的寶劍。

這個就給芙蕾雅裝備吧。

要是擁有【神裝武具】，芙蕾雅的戰力肯定又會更上一層樓。

我全速衝向萊娜拉之間。

儘管我認為只要有克蕾赫在應該不要緊，但絕對不能讓她們遇上那個。

拜託妳們要平安無事啊。

第十二話 回復術士拯救克蕾赫

打倒了【槍】之勇者與【矛】之勇者的我追趕先走一步的剎那等人。

背上掛著【槍】之勇者的那把槍，腰間也掛著兩把劍。

得到了不錯的伴手禮呢。【槍】之勇者的技能實用性非常高，只要讓芙蕾雅裝備【矛】之勇者的【神裝武具】就能提高戰力。

只不過，我確實比想像中花了更多的時間。

在打倒兩名勇者之後，我再度被一群黑騎士包圍。

再加上纏繞著紅蓮火焰的劍都用完了，害我花了不少時間才甩開他們。

「希望剎那她們平安無事。沒想到竟然會有那種怪物，這樣我也能理解為何三名勇者聯手還會輸了。就算有克蕾赫陪著她們也很危險。」

最糟的狀況，是她們在與我會合之前，就撞上了打倒那三名勇者的母體黑騎士。

我誤判了那傢伙的實力。

儘管我原本就認為能增加黑騎士的能力具有威脅性，但卻只警戒這股能力。

然而，仔細想想就說得通了。

能創造出黑騎士的，只有魔王交給國王的那個單一個體。

簡而言之，要是沒有和那個那傢伙同等的實力，根本沒有辦法創造出新的黑騎士。

……這代表那名母體黑騎士，是可以賦予人們黑暗之力的那個存在的複製品。

而複製品的材料，是無數人類的力量結晶。

只要是接受黑暗之力的人，都會反過來把自己的力量獻給黑暗之力的擁有者。

那股日積月累的力量化為形體的存在，就是那個母體黑騎士的真正身分。

棘手的是，因為那是人們力量的結晶，它的外型與人類無異，而且還擁有人類的知識與技術。

而且，我窺探【槍】之勇者的記憶後，得知了一件事。

母體黑騎士要把人類變為黑騎士，只需要持續接觸對方十七秒。

要是被碰觸十七秒，不論擁有多麼強大的實力，都會成為黑騎士的一員。

「要是克蕾赫被變成黑騎士，一切就完了。」

我和克蕾赫的等級幾乎相同。

而且以純粹的近距離戰鬥來說，克蕾赫比我更勝一籌。

要是如此強大的克蕾赫接受了黑暗之力，我根本沒有任何勝算。我得盡快趕上。

◇

當我朝著萊娜拉之間急速奔馳，頓時感受到一股強大的鬥氣與魔力。

還不時能聽到爆炸的聲音。

似乎是正在戰鬥。明明有紅蓮在旁幫忙附加淨化之焰，戰鬥卻拖得這麼久，想必是那傢伙來了。

看來吉歐拉爾王沒有把他的王牌配置在螺旋階梯，而是讓它在萊娜拉之間嚴陣以待。

這也間接證明他有多麼看重禁咒。

此時，戰鬥的聲音平息下來了。

戰鬥已經結束了。

我穿過漫長的走廊，來到寬敞的通道。

「克蕾赫、芙蕾雅、剎那！」

眼前的狀況令人慘不忍睹。

芙蕾雅的背靠在倒塌的牆上昏迷不醒，剎那被埋在瓦礫下面動彈不得。艾蓮躲在一邊瑟瑟發抖，克蕾赫則是被一個黑色的無臉怪物掐著脖子舉了起來。

不妙，戰鬥的聲音是在七秒鐘前結束，再過十秒，克蕾赫就會被變成黑騎士。

就算我現在衝過去揮劍也肯定來不及。

因此我當機立斷，拿出放在背上的槍朝黑色無臉怪射擊，中彈的無臉怪手臂遭到擊碎，克蕾赫也跟著跌落地面。

「咿呀啊啊啊啊啊啊啊啊啊啊啊啊啊啊啊啊啊啊啊啊啊！」

黑色無臉怪發出慘叫。

我又使出二連射，轟飛了它的頭與心臟，想趁它倒下的時候趁勝追擊，但此時子彈卻用盡了。

於是我把槍扔到後面，衝向克蕾赫身邊。

「紅蓮，妳應該躲起來了吧！給我過來！」

「主……主人，太慢了的說！」

躲在瓦礫堆後面的小狐狸踩著顫抖的步伐趕了過來。

……然後，倒在地上的黑色無臉怪把破碎的手臂以及千瘡百孔的身體重新再生。

連這麼嚴重的傷勢都能幾乎完好無缺地再生。

實在令人火大。

回復速度也是一般黑騎士遠遠無法企及。

我拔出腰間的佩劍，但並沒有走向克蕾赫身邊，而是衝向黑色無臉怪。

雙方的劍互相碰撞。

……好沉重的一擊。

臂力幾乎和我不相上下。

如果這只是依靠蠻力揮出的一擊，我還可以架開趁機反擊，但我們之間的技巧也幾乎相差無幾。

我們交手兩三次之後，由於彼此的膂力與技術都在伯仲之間，因此難以分出勝負。

既然如此，我就用劍以外的招數吧。

儘管在激烈戰鬥的同時詠唱魔術堪稱神乎其技，但對於累積足夠經驗的我根本不成問題。

當第四次攻擊被擋下的同時，我發動了風之魔術震飛敵人。

然後再順勢投擲出佩劍，當然這個攻擊也順著風勢加速。

那傢伙被震飛到牆上，然後在下一瞬間被飛去的劍刺穿。

「主人果然很強的說！加油的說！」

「與其幫我加油，不如在黑暗之力侵蝕克蕾赫之前，先用妳的火焰去燒她，要小心別燒死她啊！」

「這麼做會讓她受重傷的！」

「只要還活著，我就能用【恢復】治好她。」

黑色無臉怪是被賦予了黑暗之力的人類身上力量的集合體。

它拔出了插進身上的劍，並開始進行修復。

我早已料到這樣子它還死不了。

我朝旁邊瞥了一眼，看到紅蓮開始燃燒克蕾赫之後。便朝著那傢伙衝去。

戰鬥再度開始。

只是戰況依舊處於劣勢。我可以明白克蕾赫為什麼會沒辦法戰勝它。

論劍技本領是克蕾赫更勝一籌，但畢竟對手的體力與集中力都是無窮無盡，而且還自帶回復能力。

最麻煩的是它甚至具備學習能力。

它從剛才開始就一直在警戒我的風魔術。

紅蓮在幫克蕾赫做好急救處理後，就在我的劍上纏繞了神獸之火，但由於它身上的黑暗之力的總量實在太大，就算攻擊命中能對它造成傷害，卻也無法構成致命性的打擊。

真是麻煩。

不過我有一項優勢，雖說我和那傢伙都是把別人的技術與知識作為手牌，但那傢伙無法像我一樣使用組合技。

它只不過是將招式分開使用罷了。

比方說，我現在以劍跟它互擊的同時也在使用魔術。

我每次揮劍、身體的動作，這一切的行為都會附加魔術效果，在這個空間殘留魔力的軌跡。

在反覆使出劍閃之後所形成的，是一道立體魔法陣。

這是將魔力殘留在空間的超高等技術。

然後我再以武術的動作連結魔法陣構築，這也是超乎常人的技巧。

準備充分。我在雙方互相對砍的同時將魔力灌注在組好的魔法陣之中。

沒錯，這是把攻擊與詠唱融合為一，才有辦法在戰鬥中發動的大魔術。

我大聲喊出名字……

「【風龍之巢】！」

累積再累積的魔力頓時爆發，魔術也隨之完成，緊接著無數的真空飛刃在空間中亂舞。

眼前的黑色無臉怪瞬間被砍成了肉醬。

……要是只會把招數分開使用，就算湊齊手牌，終究也只是低劣的仿冒品。

只有我能夠將招式結合起來，創造出新的技巧。

雖然這樣應該還無法分出勝負，但至少能爭取時間。被剁碎到這種程度，它勢必也得花上許多時間再生。

我轉身跑向克蕾赫。

「主人，快點治好她的說！很危險的說！」

「我知道。還有，就算再繼續把火焰纏繞在劍上去砍它也不是辦法。妳準備用全力釋放火焰。」

「辦不到的說！那傢伙超級快的說！紅蓮根本打不到它的說！」

我想也是。連我和克蕾赫都會對它感到棘手，實在很難指望紅蓮的攻擊能打中它。

「不要緊，我會設法讓妳打中。妳只要專心用全力釋放火焰就行了。」

「紅蓮努力看看的說！反正要是不試的話也只會被殺，紅蓮就放手一搏的說！」

小狐狸不斷地甩動她的尾巴。

然後，從她的尾巴裡面開始溢出了金色的粒子。

雖然看起來很像在胡鬧，但她似乎是全力以赴。

我往旁邊瞥了一眼，被砍成肉醬的黑色無臉怪已經再生得差不多了。

就不能讓我休息一下嗎？

此時治療結束，克蕾赫醒了過來。

「我……輸了嗎？」

「……畢竟對手非同小可。這也沒辦法。雖說我幫妳【恢復】了，但靈魂依舊受到了傷害。妳再多休息一會兒。」

紅蓮的淨化之焰勉強趕上了。

要是紅蓮的火焰再晚一步就糟糕了。

「這樣啊，交給你了……真不甘心啊。明明我戰鬥時始終掌握優勢，但不論我用纏繞著淨化之焰的劍再怎麼砍，依舊沒辦法給予它致命一擊，最後還是輸了。要是我待會兒能動的話，立刻就去幫你。」

要一邊保護芙蕾雅她們，同時迎戰能忍受淨化之焰並再生的對手肯定很吃力。緊接著，被砍成肉醬的黑色無臉怪再次復活。

就算那傢伙能撐住火焰之劍的攻擊，要是被紅蓮全力的火焰直擊應該也無法全身而退。

我在腦海中思考著好幾種能讓特大的淨化之焰打中它的方法。

得讓它償還對我的女人們出手的罪過。

……可惜這傢伙非但不是女人，甚至連生物都稱不上，沒辦法跟它快活一下。

算了，到時我再徹底教訓吉歐拉爾王，讓他一併償還這傢伙犯下的罪過吧。

第十三話　回復術士拒絕國王

我們與黑色無臉怪的戰鬥依舊在進行當中。

儘管它被纏繞著淨化之焰的劍砍成肉醬，看起來卻絲毫不痛不癢。

這個對手連克蕾赫都無法戰勝，要正面對抗想必會很辛苦。

在我身後的紅蓮正準備釋放淨化之焰。

因為黑色無臉怪的力量實在過於強大。

所以，要讓紅蓮使出渾身解數製造的火焰直擊它。

我必須要做的，是創造出能讓紅蓮確實用火焰擊中它的時機。

「這個怪物。」

不小心就飆罵了。

那傢伙的體能已經開始超越我了。

它似乎知道自己沒有勝算，所以開始適應環境。

曾使用過一次的技倆開始對它不管用了。

更何況敵人還擁有無限的體力。

面對這種擁有無限體力與回復力的對手，要是它還有辦法學習的話可不是開玩笑的。

時間拖得越久對我就越不利，再這樣下去肯定會輸。

正因如此，我要在下一招分出勝負。

一邊擋住變得越來越鋒利，越來越沉重的斬擊，同時做好了布局。

我在體內持續提煉自己的魔力。

在以劍戰鬥的同時持續提煉魔力，是那傢伙無法辦到的技巧。

假如要擊發的是一般魔術，我已經在體內提煉出足以發出攻擊的魔力。

但是，還不夠。

要是用一般魔術攻擊，就連阻礙它的行動都有問題。

所以，我要繼續提煉魔力，超越自己的極限，如此一來超越極限的魔力將會散發在身體表面產生循環。

……這是在我記憶中的一名賢者所擁有的技巧。

在一般狀況下，一次能釋放的魔力量都是固定的，而能夠使用這股魔力量擊發的魔術有著威力上限。

為了要突破極限，要將釋放在外的魔力創造出流動現象，藉此存放在體外。

如此一來，便能讓魔力量超過原本的極限，釋放出更強力的魔術。

大腦因為超過負荷開始發出悲鳴。

要一邊揮劍一邊控制這股魔力，而且還要對付眼前這種強大的敵人。

超過極限造成的反作用力使得我的腦血管爆開，但【自動恢復】立刻幫我癒合了傷口。

我們以渾身解數揮出的劍互相碰撞，讓我和黑色無臉怪同時被這股力量震飛。

彼此的姿勢都失去平衡。

黑色無臉怪從體內伸出無數觸手朝我襲擊而來。

觸手的前端呈現鑽頭狀，鋒利到足以輕而易舉貫穿我的身體。

恐怕它是判斷與其用人類型態戰鬥，用這種戰法會對它更加有利吧。

……雖然我知道能夠無限再生，同時又用最恰當的戰法一個接一個攻來是這個敵人的強項，但沒想到如此了得。

觸手的數量共有二十四根，每一根都以不同的軌道與角度襲擊而來。

我不僅無法完全躲開，就連防禦也有難度。

但是，我在千鈞一髮之際趕上了。

我已經提煉好足以停止那傢伙時間所需的魔力。

我連同在體外循環的魔力也一併用上，擊發這記魔術。

這傢伙現在肯定閃不過我接下來要用的魔術。

因為我確信自己會贏，所以把所有資源都投入到這次的攻擊。釋放出二十四根觸手的這傢伙根本無路可逃。

你還是太嫩了。

我向它釋放的魔術是……

「【永久凍土】！」

第五位階冰結魔術。

恐怕是人類所能使用的最高級別的魔術。

想要像芙蕾雅那般使用超越人類極限的第六位階以上的魔術，光是技能還不夠，需要特技來提高出力才行。

絕對零度的暴風雪吞噬了黑色無臉怪。

將映入眼簾的一切物體盡數凍結，停止所有活動。

冰凍用來對付黑騎士很有效果。

這點對身為上位種的那傢伙來說也不會變。

「紅蓮，現在的話可以擊中它！」

我放聲大喊。

這個冰在一般狀況下會持續凍上一整天，但眼前的對手非比尋常。事實上也已經開始產生裂痕。

想必再過幾秒，它就會從內側打碎冰塊。

「知道了的說！讓它見識神獸的怒火的說！」

小狐狸特地變化為狐耳美少女的模樣，將金色的火焰纏繞在身上。

紅蓮猶如刻意要現給我看似的，故意用力地擺動尾巴，只是看到這幕反而讓我有些惱火。

「神威之焰啊！將汙穢之物燃燒殆盡吧……【神炎爆裂】！」

足以覆蓋整條通道的金色火焰呼嘯而過。

這道火焰似乎是淨化專用，儘管我與黑色無臉怪一同遭到火焰吞噬，但我卻感受不到絲毫熱度。

與此相反，黑色無臉怪則是發出慘叫，就此消滅。

陣陣黑煙從它的全身竄出，但轉眼之間也被火焰燃燒殆盡。

當火焰停止後，黑色無臉怪已經完全焚盡，不留下任何痕跡。

為了以防萬一，我使用魔術探索周圍，但是沒有任何反應。

「紅蓮真了不起的說。嗯哼！」

「的確是很了不起，但如果要連我一起攻擊就先講啊。這樣對心臟不好。」

當我被那陣黃金火焰吞噬的瞬間，甚至還做好了死亡的心理準備。

「放心的說。紅蓮是不可能殺了主人的說。紅蓮以全神貫注發出來的真正火焰，只會燒燬穢物的說。」

「我倒覺得妳有可能這麼做。」

「真失禮的說！要是主人一死，紅蓮也會一起死翹翹的說，絕對不會殺死主人的說！」

「……就是因為妳會提這種理由，所以我才沒辦法相信妳。」

紅蓮歪了歪頭表示不解。

即使我對這隻笨狐狸說明，想必她也無法理解。

「妳還有多餘的魔力嗎？」

「大約還有一半。」

「那麼，妳先喝下提升魔力回復量的恢復藥吧。這傢伙只是暖場。要打倒對方的老大，需要剛才那道火焰。」

敵人還剩下吉歐拉爾王，以及給予吉歐拉爾王力量的存在。

所以至少還需要兩發這種火力。

「不要的說。那個很難喝的說。」

「要是妳肯喝，等到一切塵埃落定之後，我會讓妳吃到堆積如山的美味肉塊。」

「快把恢復藥交出來的說！」

她變回小狐狸模樣，以前腳靈巧地拔下軟木塞開始喝了起來。雖然看起來是很可愛，但用少女的模樣喝不是比較輕鬆嗎？

我望向剎那她們那邊，克蕾赫正救出大家，讓她們喝下恢復藥。

「……太大意了。剎那真是沒用。」

「我也是。馬上就被對手打暈，真是太丟臉了。」

看來剎那和芙蕾雅很在意自己輸給那個黑色無臉怪。

「是因為剛才的對手太難對付。雖然我不會要妳們別喪氣，但現在得先打起精神。因為之後還需要妳們兩人的力量。」

「嗯，剎那會加油。」

「是，我會挽回剛才的失態。」

看到她們的想法積極實在再好不過。

此時最後的一個人，艾蓮走向我的身邊。

「凱亞爾葛哥哥，既然敵人派出王牌之一鎮守在這，代表前方肯定是敵人的罩門。我們盡快去摧毀那裡吧。」

「同感。就相信剛才那隻黑色無臉怪是殺手鐧吧。要是運氣好的話，或許就不會有其他敵人出現。」

雖說這是一廂情願的想法，但只要吉歐拉爾王知道黑色無臉怪被打倒了，肯定會派出援軍。那麼，我們最好在演變成那種情況之前行動。

我們組成陣形，繼續往城內前進。

◇

在吉歐拉爾王國，有一種被譽為國花的純白美麗之花——萊娜拉。

我們現在踏入了開滿了萊娜拉的這間房間。

雖說萊娜拉本身就十分美麗，但這房間的配置以及裝飾品，每一項都讓人感受到精緻的美感。

實在很難相信這是那個芙列雅公主一手打造的房間。

我們來到了房間中央。

「真令人懷念呢。」

「是啊。我就是在這裡遇見克蕾赫。」

我當初會來這裡，是為了治療克蕾赫。

當時，我根本沒想過在這底下竟然會有禁咒的儀式裝置。

在中央的地板上有一道暗門。

要打開它需要鑰匙。但是，現在沒時間多此一舉再去拿取鑰匙。

只要打碎這裡，便能通到設有禁咒儀式裝置的場所。

我用鍊金魔術改變手上這把劍的形狀。

將它變為附有巨大釘子的鎚子之後，狠狠地往下一揮。

於是地板碎裂，映入眼簾的是通往地下的樓梯。

「對了，我忘了一件事。芙蕾雅，妳先和這個締結契約。」

「啊，是，凱亞爾葛大人。」

我把從【矛】之勇者身上搶來的【神裝武具】交給芙蕾雅。

在最終決戰之前，先讓芙蕾雅提升實力吧。

「這是只有勇者才能使用的武具。只要妳握緊它並發自內心獻上祈禱，它就會成為妳所冀望的武器。無論任何性能都能隨妳所願。事到如今，我也不用再給妳建議了。妳就想像自己最為需要的能力，然後跟它締結契約吧。」

「……我所冀望的武器。那麼，答案就只有一個了呢。」

芙蕾雅獻上祈禱之後，寶玉慢慢地化為一把杖。

那是一把充滿生命力，利用大樹的樹枝所製成的神杖。

和她在第一輪用過的那把世界樹之杖十分相像。

「是把好杖。」

「我一定會用凱亞爾葛大人賜給我的這把杖，好好地大顯身手。」

「要取什麼名字？」

「瓦納爾甘德。」

「哦？」

真令我詫異。

因為和第一輪的【神裝武具】的名字如出一轍。

「那……那個，怎麼了嗎？」

「不，沒事。只是感覺這名字有些懷念罷了。」

「其實，是這孩子要我這樣叫它的。」

就算成為芙蕾雅，芙列雅果然還是芙列雅。

那麼，這把杖也和當時那把擁有相同的力量嗎？

就期待得到這股新力量的芙蕾雅吧。

芙蕾雅接下來將要和自己的父親戰鬥。

為了讓她殺死自己的父親，我會好好地讓她發揮這股力量。

◇

我們順著樓梯往下走。這裡沒有陷阱也沒有伏兵。

明明到這之前遭到百般阻撓，現在卻前進得如此順利，反而令人感到可疑。

後來我們走到底下，眼前出現了一個寬敞的房間。我們打開大門踏入其中。

「來得好，【癒】之勇者凱亞爾。」

眼前是一名充滿威嚴，蓄著白鬍的年邁男子。

他身穿豪華的長袍，戴著在這個國家唯獨一人被允許配戴的皇冠。

「想不到你竟然躲在這種地下啊，吉歐拉爾王。」

在我們眼前的，是普洛姆．吉歐拉爾。

也就是吉歐拉爾王。

我發動【翡翠眼】觀察他，識破他的能力。

種族：人類（？）　名字：普洛姆
職階：魔法騎士　等級：41☆
狀態值：
MP：153／153
物理攻擊：81　物理防禦：67　魔力攻擊：81
魔力抗性：75　速度：55
等級上限：41
天賦值：
MP：90

物理攻擊：93　物理防禦：75　魔力攻擊：92
魔力抗性：84　速度：60　合計天賦值：494
技能：
・劍術Ｌｖ３　・攻擊魔術（火、雷）Ｌｖ２
特技：
・ＭＰ回復率上升Ｌｖ２：魔法騎士特技，ＭＰ回復率會上升補正一成。
・攻擊魔法威力提升Ｌｖ１：魔法騎士特技，攻擊魔法會向上補正。
・劍術補正Ｌｖ３：騎士特技，使用劍時的攻擊力上升補正。

當時雖然不是很清楚這個「人類（？）」的含意，但如今總算明白了。
打從我第一次見到他時，他就已經不再是人類了。
現在看見的狀態值和我們相較之下實在相差懸殊。並沒有跳脫人類能力的框架。
然而，這不過是他在隱藏自己的本性。
黑色瘴氣開始流入吉歐拉爾王體內。
接著，他無視等級上限，等級以驚人的速度不斷攀升。
最後，他的等級甚至達到了３００級。
這並非單純的黑色瘴氣。

是在前任魔王的記憶中出現的，讓他發瘋的那股力量的真面目。

「【癒】之勇者凱亞爾啊。你很強，要讓你那股力量就這麼平白地在世上消失實在可惜。如何。要不要成為我的左右手？吉歐拉爾王國……不，我將會掌握這世界的一切。而你將成為我的左右手。你應該了解其中的含意吧？」

「你說呢？比起那個，我更想問的是，難道你不會因為兩個女兒被殺了而恨我嗎？我如果是你，肯定是恨之入骨，想把那個人大卸八塊。」

「無妨。那兩個只不過是方便的棋子。只要能得到更好用的棋子，自然不需要。」

我拚命忍住笑意。

這傢伙還沒有發現芙蕾雅和艾蓮就是芙列雅公主和諾倫公主啊？實在是有夠蠢。

再說，他要我當他的左右手？說什麼你應該了解其中的含意？少開玩笑了。

這個世界原本就是屬於我的。

我為什麼非得屈居在這傢伙底下不可？

我要隨心所欲地生活。

我正是為此才重啟人生。

要我跟在別人底下，打死也不幹。

「所以，如何啊，【癒】之勇者？你有答案了嗎？」

當然。

根本沒有煩惱的必要。

「我的回答是……你這個白痴！」

這場戰鬥，是在向最後的復仇對象布列特復仇前的熱身賽。

就快點把他給宰了吧。

第十四話 回復術士與國王對戰

我和吉歐拉爾王正面對峙。

想不到他會邀請我當他的部下，實在是有點出乎意料。

竟然會召募一個殺掉自己兩個女兒的男人當屬下，可見這傢伙對自己的女兒沒有投入多少父愛。

我都替芙蕾雅和艾蓮感到可憐了。

她們原本的性格之所以會扭曲成那樣，說不定也和這件事有關。

不過，我也不會因為這樣就原諒她們。

我不會原諒任何掠奪我的傢伙。

不論出於何種緣由都與我無關。

只會根據對方的行動來判斷是否該進行復仇。

這個男人也是我的復仇對象。

他是吉歐拉爾王國的象徵，同時也是名傲慢的國王。

我在第一輪的世界會擁有那般不堪回首的人生，追根究柢，這傢伙才是一切的開端。

所以，我要奪走這傢伙的一切，以最殘忍的方式殺了他。

「愚蠢。【癒】之勇者凱亞爾……就算你拒絕我的邀請，到頭來也只會臣服於我的力量成為傀儡罷了。就像【砲】之勇者那樣。」

聽到吉歐拉爾王嘲弄我的這番話語，我不自覺地揚起嘴角。

這傢伙的腦袋果然不好。

他甚至沒發覺【砲】之勇者還保有自我意識。

和布列特相較之下，真的是沒啥格調可言。

趕快把他處分掉吧。

「要上嘍，大家。我們要殺了這傢伙，取回世界的和平……只要打倒吉歐拉爾王，就可以終結和魔族長期以來無意義的戰爭！」

我以高亢的嗓音大喊場面話。

但是，我並沒有說謊。

魔族已經由夏娃當上魔王，我可以透過夏娃操控整個魔族。

再來就是扶植芙蕾雅當上吉歐拉爾王國的領導者，我便能隨心所欲地掌握這個世界。

儘管我沒有私欲，但為了讓我活得開心自在，自然是讓世界變得和平又美麗比較好。

「嗯，一定要打倒他。」

「我會全力掩護各位！」

「嗯，剎那也會加油。」

克蕾赫、芙蕾雅以及剎那。

每一個人都充滿了鬥志。

這樣就好。畢竟要是不鼓足幹勁，眼前的對手肯定會轉眼把我們全滅。

儘管內在只是個小人物，但他比剛才的黑色無臉怪還要強上許多。

畢竟他吸收了那股黑色瘴氣的本體，瘴氣的濃度有如天壤之別。

哪怕有紅蓮的火焰，一旦正面對決的話也不見得能夠穩操勝券。

但是我有對策。

前任魔王為了戰勝寄生於自身的存在，曾經進行過一番研究，而我獲得了他的記憶。

實際上，要是我用了那招，要打贏剛才的黑色無臉怪根本是輕而易舉。

之所以不這麼做，是因為以黑暗之力為媒介的這些傢伙，很有可能聯繫著彼此的感覺。

如果是這樣的話，要是我使出對策打倒了黑色無臉怪一事被敵方知情，他就可以事先制定對策來反將我一軍。

所謂的殺手鐧，正是要留到最後一刻再用。

我回過神來，吉歐拉爾王的身體已開始膨脹，隨後便朝四面八方伸出黑色觸手。

「真是的，一開始就來這招啊。看來你老早就放棄當個人類了。」

我和克蕾赫用劍彈開觸手，其餘三人則是躲在芙蕾雅製造的土牆後面撐過這招。

很沉重的一擊。

每一根觸手都可以匹敵超一流的劍士以渾身解數釋放的一擊。

「芙蕾雅！」

「我明白！」

我在戰鬥開始前就已向芙蕾雅下達指示，要她徹底封住那傢伙的行動。

面對擁有黑暗之力的敵人，不管造成他多大的傷害，那傢伙也會以再生進行回復。

所以最好的方法就是將他凍住，使其動彈不得。

於是，一陣又一陣的冰槍之雨隨即傾注而下。

如果是一般魔術的話，效果和視覺上沒什麼兩樣。

但是芙蕾雅的魔術不同。

在冰槍貫穿觸手的同時，蘊含在內的低溫空氣也爆炸釋放開來，凍住了敵人的身體。

由於幾條觸手的動作停止，這樣要打近身戰就容易多了。

「主人，我們上的說！」

「別從那裡跑出來啊。要是妳這麼做我可沒餘力保護妳。」

紅蓮從我的胸口探出頭來。

她現在以小狐狸模樣躲在我的衣服裡面。

要是沒有這傢伙的火焰，我甚至無法對吉歐拉爾王造成像樣的傷害。

而且對上這種重量級對手，光是揮出一擊就會讓纏繞在劍上的火焰消失。
所以要是紅蓮不在前線，就沒有辦法行雲流水地重新附加神火。
而在前線最安全的地方就是這裡。
就算衝上前線，只要在我的身邊就能夠保護她。
「愚蠢，愚蠢，愚蠢！」
變成一團黑色膨脹的塊狀物後，連聲帶也消失的吉歐拉爾王以心電感應傳遞他的想法。
或許是因為我們的價值觀背道而馳，為了追求力量不惜變成那副德性的吉歐拉爾王，在我看來反而更加愚蠢。
特大號的冰槍貫穿了那團黑色膨脹物的本體。
然而，卻在冰之力解放之前就被吞噬。
也沒有辦法從內側凍住他。
「那裡面到底是什麼構造啊？」
「不知道。總之很危險就對了。」
我往旁邊一蹬閃開重新再生的觸手，同時觀察那傢伙的狀況。
「紅蓮，盡可能把最強的火焰纏繞在劍上。」
「知道了的說！」
紅蓮的力量覆蓋在劍上，無視劍本身耐久度的火焰，讓劍熊熊燃燒了起來。

緊接著我抓準時機，將劍奮力往前扔去。

那把劍猶如利箭一般刺入了團塊，但是卻遭到了吞噬。

那傢伙看起來根本不痛不癢。

「克蕾赫，別靠近那個。畢竟連纏繞了淨化之焰的劍也是這種下場。要是盲目靠近的話連妳也會被吞進去的。」

「……似乎是這樣，那我們該怎麼做才能打倒那個？」

我們保持距離，持續以防衛為主應戰。

儘管我偶爾會在拉近距離的狀態下由紅蓮釋放淨化之焰，多少能造成他一些打擊，但卻無法發揮決定性的作用。

是一個遠遠超乎我想像的怪物。

「傷腦筋，無論打中他多少次都沒有效果。紅蓮的火焰也意外地沒什麼了不起啊。」

「只是因為那個太厲害了的說！這就好比是拿著火把試圖蒸發海洋的說！」

真有趣的比喻。

說著說著，我將再次襲來的觸手架開。

所幸觸手並沒有吸收的功能。

「我有個大膽的想法。」

「紅蓮就聽看看的說。」

「紅蓮，不如妳先用全力纏繞火焰在身上，我再把妳扔過去讓那傢伙吞掉，接著妳就從內側把他燃燒殆盡如何？要是妳真的有符合神獸的力量的話，就肯定能贏。」

連我自己都覺得這主意不錯。

畢竟紅蓮總是以神獸身分自居，老是一臉趾高氣昂的。

所以那種程度的怪物，她肯定能將其燃燒殆盡。

「會死的說！不可能的說！要是進入那種東西裡面，馬上會死翹翹的說！」

我的好主意被否決了。

真是個愛耍脾氣的小狐狸。

好吧，也只能找其他方法了。

「總之雖說是杯水車薪，妳一找到機會就持續擊發火焰吧。」

「紅蓮會加油的說！」

我就這樣作為擋箭牌，同時讓紅蓮一點一點地消耗他的力量吧。

為了繼續保持攻勢，也必須讓他露出破綻才行。

要使用那個的話得要有人幫我爭取時間。

為此，芙蕾雅的力量是不可或缺的。

過了不久，天空不再下起冰槍之雨。

考慮到小技倆對吉歐拉爾王難起作用的芙蕾雅，決定提煉魔力準備釋放大招。

我從厚重的土牆後面感受到一股魔力爆炸性地增幅。

看樣子吉歐拉爾王也注意到了。

其中一條觸手的前端變得異常銳利且巨大，伸向保護芙蕾雅等人的土牆。

就算是以魔力強化過後的堅實土牆，恐怕也會遭到那根觸手貫穿。

我反射性地伸出手。

那條觸手刺中我的手臂，頓時有股彷彿要把肩膀扯下的衝擊襲來，我勉強站穩腳步。

然後……

「嘎哈哈哈哈哈，抓到了。」

「難道他正在侵蝕我！」

一股黑色瘴氣竄進體內，順著手臂逆衝而來。

我當機立斷砍下手臂，【自動恢復】也同時發動。

我朝向砍落的手臂望去，已經被染成一片漆黑，變成和黑騎士一樣的存在。

要是再遲個幾秒，我也會淪落同樣下場。

「可惜，實在可惜，你原本有機會成為我等的同伴的。」

「……我拒絕。」

為了再生那條手臂，我消耗了相當多的體力。

但是也多虧這次的犧牲，才成功保護了芙蕾雅。

此時，魔力的增幅停止，隨後便聽到芙蕾雅大聲吟唱。

看來她的大招總算完成了。

「第七位階魔術【冰獄牢】！」

一道厚實且透明的冰牆從四面八方包圍住黑色的團塊。

就算試圖直接凍結也會被吞噬掉的話，只要用冰層團團包圍就好。

而且那並非一般的冰。

是以概念來詮釋冰結的魔術冰塊，甚至擁有超越鋼鐵硬度的絕對防壁。

第七位階魔術絕非虛有其表。

吉歐拉爾王從全身伸出扭轉成螺旋狀的尖銳觸手，試圖從內側打破冰層。

當我正屏息以待，觀察到底是吉歐拉爾王先被凍住，還是他先打破冰層之時，芙蕾雅又以更強的魔力擊出兩發相同的魔術，形成了更為厚實，冰結力量更強的冰牆。

在內側不斷掙扎的吉歐拉爾王，動作明顯開始變得緩慢。

這是絕對封鎖的三重防壁。

理論上應該連芙蕾雅也無法辦到這種絕技。

我定睛一看，發現芙蕾雅舉起的神杖上面的寶玉正在閃閃發光。恐怕那把武器擁有儲存魔術的能力。是芙蕾雅幫【神裝武具】附加上去的功能。

只要使用這個武器，甚至能連續發射三發大魔術。

「凱亞爾葛大人，我封住他的行動了。」

「幹得好。這樣一來我就能給他最後一擊。」

我一直溫存到現在的殺手鐧。

恐怕這是唯一能發揮作用的攻擊，而且是只有我能做到的一擊。

吉歐拉爾王一邊抵抗冰凍，同時也在裡面掙扎試圖打碎冰之牢獄。

等到他突破這三重牢籠之後，我就同時向他發動攻擊。

以【癒】之勇者最為極致的力量。

第十五話 回復術士成為真正的勇者

吉歐拉爾王被困在芙蕾雅所釋放的冰之牢獄。那是三重的絕對防壁。

更何況眼前的冰層不但堅固，還能夠透過冰結效果不斷遲緩對手的行動。

哪怕他擁有堪稱黑色瘴氣之源的力量，也不見得能輕易打破這個牢獄。

我趁芙蕾雅為我爭取的時間開始集中精神。

……基本上，這個黑暗的存在和魔王有著密切的關係。

魔王之所以發瘋都是因為黑暗之力。這股黑暗之力甚至會讓原本溫厚的魔王都變得狂暴，最終為了渴求鮮血而四處作亂。

然後，勇者的存在就是為了殺死魔王。

可以說這個職階就是為此而生。

因此，勇者身上原本就存在著殺死那股黑暗之力的力量。

然而隨著世代更迭，勇者在不知不覺中失去了那股力量。

是因為勇者的存在意義已不同以往。

「就算如此，如果是我，就能取回那股力量。」

【恢復】本來就是用來把事物變回其原本樣貌的能力。

所以，一旦我對勇者這個概念使用【恢復】，就能取回堪稱勇者本質的那股力量。

對概念使用【恢復】，已經有一半踏入了神之領域，所以我在第一輪的世界要是沒有【賢者之石】是無法成功使出的。

但如今我的等級已經超過200，況且使用的對象是與我自己相關，容易干涉的概念，應該能勉強辦到。

此外，和紅蓮相遇這件事也起了很大的作用。

歸功於反覆觀察紅蓮的淨化之焰，如今我的腦海已經能浮現出勇者消滅黑暗之力的那股力量的具體形象，詢問自己的內心之後，我看到了正確答案。

我閉上眼睛，開始在腦海裡強烈地想像。

想像能夠消滅黑暗之力，身為真正勇者的存在究竟為何。

我一邊強化自己的想像，同時將魔力一次又一次地持續提煉到極限。

「凱亞爾葛大人，結界已經到極限了。三重冰牆快撐不住……不，我還可以。要是我不做的話，就沒辦法抬頭挺胸和你在一起，我要……使出所有的力量……呼、呼……這樣一來，我的魔力就全部耗盡了。」

芙蕾雅再度追加一道冰牆，進而提升牆壁的強度。

然而，這個舉動似乎耗盡了她的魔力，害她氣喘吁吁，不支倒地。

雖說是芙蕾雅，但連續擊發四次第七位階魔術，當然也會耗盡所有的力量。

我不會覺得她很丟臉。

她確實地完成了自己的工作。

為我爭取到使用這股力量的時間。

她為我犧牲奉獻，並確實派上了用場。

……要捨棄她果然可惜。

還是讓芙蕾雅維持這個模樣，作為我的所有物（寵物）好好寵愛她吧。

吉歐拉爾王被凍結的身體越發膨脹，隨後他的軀體產生裂縫，同時從裡面隆起了猶如尖刺的物體。

他讓這股力量爆發，伴隨著雷鳴般的爆裂聲，三重冰牆應聲炸開，緊接著他開始對剛才追加的冰牆伸出魔手。

想必追加的那道冰牆再過不到十秒就會遭到粉碎。

但是，我的準備也已經就緒了。

「【恢復】！」

我堅定地喊出這句話。

我在腦海中描繪著勇者真正應有的姿態，對自己使用了【恢復】。

讓自己重生為真正的勇者。

和紅蓮的火焰相同，一股神聖且清澈的力量源源不絕地湧現在我的體內。

「這就是……真正的勇者嗎？」

我確認身上滿溢而出的光芒，開始進行支配、整合，將其匯聚在掌心。

……與此同時，芙蕾雅的冰牆也完全遭到粉碎。

閃閃發光的冰之碎片在空中飛舞。

成為黑塊並進一步膨脹身軀的吉歐拉爾王，發出怒吼並襲擊了過來。

他似乎相當畏懼這股力量。

就算看不見表情，我也能知道吉歐拉爾王現在有多麼恐懼，多麼拚命。

顯然這是被黑暗之力侵蝕之人所擁有的本能。

儘管他奮不顧身地突進過來，但不知為何，我覺得比剛才的氣勢減弱了不少。

畢竟他打碎了芙蕾雅使出的四層冰牆，想必為此消耗了不少力量。

芙蕾雅確實幹得不錯。

「好啦，回歸原本的模樣吧。」

勇者之力的光芒和我的魔術疊合在一起，接著我把右手伸向前方並往前突進。

用來與這股光芒疊合的魔術是【恢復】。

這是我的象徵，同時也是我最信任的魔術。

這次的【恢復】是為了將吉歐拉爾王【恢復】到還是人類狀態時而用。

隨後，我的掌心發出淨化之光。

黑色瘴氣逐漸散去，膨脹成黑色團塊的吉歐拉爾王慢慢恢復人類的模樣。

接著，我的手碰觸了吉歐拉爾王，並發動【恢復】。

那股力量讓墮落成怪物的吉歐拉爾王逐漸變回人類。

儘管我的【恢復】擁有將事物回歸原本狀態的能力，但如果不以真正勇者之力驅除那股黑暗之力的話，想必不可能將他變回人類。

這就是我覺醒為真正勇者之後的力量。

「呀啊啊啊啊啊啊啊啊啊啊啊啊啊啊啊啊啊啊啊啊啊啊啊啊啊啊啊啊啊啊啊啊啊啊啊啊啊啊啊！」

房間響起了臨死前的慘叫。

那是吉歐拉爾王的死前慘叫，同時也是寄宿於他身上的黑暗存在所發出的聲音。

我可以感到他身上的那股力量逐漸消失。

最後，就連慘叫也歸於沉寂。

在眼前的，只有變回普通人類的吉歐拉爾王。

一個悲慘的全裸老人。

我們終於贏了。

……當初要是使用這股真正勇者的力量，哪怕是對上被黑暗之力侵蝕的勇者或是黑色無臉

怪，應該都能輕易取勝。

在很久以前的一次實驗當中，我就知道自己能取回這股力量，但是至今從沒用過。

畢竟這股力量是唯一能消滅黑色存在根源的力量，要是被敵人知曉，他們恐怕會逃走躲藏起來。

要是放任這種事情發生，到時候敵人就會龜縮在自己的巢穴，派出蝦兵蟹將進行一場永無止境的消耗戰，這點顯而易見。

為了不讓事態演變得那麼麻煩，我才會一直隱藏這招的存在。

「不愧是凱亞爾葛大人，真了不起。」

「嗯，是一股非常神聖的力量。原來你還能辦到這種事啊。」

「哎呀，雖然比不上紅蓮的說。紅蓮認真使出的淨化之焰，可不只這種程度的說！」

剎那、克蕾赫以及紅蓮都衝到我身邊。

芙蕾雅看起來連站起來的力氣都沒了，她靠在艾蓮的肩膀上緩緩地走向這邊。

「這就是真正勇者的力量。前任魔王打從心底渴望得到這個能力。」

前任魔王一直在恐懼著不斷地改變著自己的黑暗之力。

不久後，他發現能夠毀滅那個存在的人只有勇者，但是卻陷入了絕望，因為他知道從某一個時期開始，勇者就已經失去了這股力量。

……但是，他的絕望並非毫無意義。

正因為有他的情報，我才能讓這股力量覺醒，成功討伐黑暗的存在。

如果夏娃也被魔王之力吞噬，我再用這股力量拯救她吧。

幸好在對夏娃使用之前進行了一場不錯的實驗。

我不想突然就把這股力量草率地對她使用。

接著我使用【恢復】，讓身體變回原本的狀態，封印勇者真正的力量。

勇者原本的力量，是一把會削減使用者壽命的雙刃劍。

要是一直維持那個狀態，我的壽命恐怕不出兩三年就會走到盡頭。

想必這就是勇者之力失傳的原因。

我一腳踹開不省人事的吉歐拉爾王。

「嘎哈！」

聽見了骨頭碎裂的聲音，他口吐鮮血。

我以冰冷的眼神看著這一幕。

哎啊，真的已經變成普通的老人了。

我只是覺得他很礙事要他讓開而已。

我把吉歐拉爾王踹開後，打開了通往裡面的大門，立刻就發現了煞有介事的儀式裝置。

整片地板都描繪著魔法陣，在中心處有用來設置【賢者之石】的燭台。

這是用於讓對象服從的術式。要是使用【賢者之石】增幅這股力量，術式將會吞噬整塊大陸，屆時所有人都得絕對服從吉歐拉爾王。

一旦術式發動就真的沒戲唱了，這可不是開玩笑，他是真的能靠這個來完成征服世界的霸業。

我開始徹底粉碎眼前的術式。

只要改變這個術式並加以運用，我也能取代吉歐拉爾王的位置征服世界。

不過，這麼做又有什麼樂趣可言？

那樣的生活和陪人偶玩耍根本沒什麼兩樣。

雖說把芙列雅公主變成芙蕾雅是讓我享受了不少樂趣，但老是和人偶打交道的話確實會讓人生厭。

我之所以還沒對芙蕾雅感到厭倦，是因為芙蕾雅以現在的身分為我而成長，但並非每次都能如此順利。

待在一個盡是言聽計從的人偶所包圍的世界，光想到就覺得煩。

我可不想讓世界變成那種無趣的樣子。

這種東西沒有必要。

所以我打壞了它。

我運用魔術與暴力將室內破壞殆盡，讓它無法再重新復原。

「好啦，該破壞的東西也破壞掉了，再來就是處理那玩意兒。」

我回到原本的房間。

映入眼簾的，是被克蕾赫綁起來的吉歐拉爾王。

以我的角度看來，他只不過是個普通老人。

然而就算失去黑暗之力，他依舊擁有超一流魔法騎士的實力，是個危險的男人。

吉歐拉爾王望向我。

這傢伙事到如今才在那裝模作樣，擺出一名國王該有的威嚴表情，然後開口說道：

「【癒】之勇者凱亞爾啊。感謝你出手相救。我感覺自己彷彿作了一個漫長的夢。遭到那個吞噬之後，我做出了無法原諒的行為……」

我拚命地忍笑。

吉歐拉爾王的言下之意，就是至今為止的惡行，都得怪那股黑暗之力，不該把責任歸咎在他身上。

「吉歐拉爾王啊，請你放心。黑暗之力已經全都被消滅了。」

「是嗎，【癒】之勇者的能力實在是令人驚奇。竟然連我都能治癒……啊啊，正因為現在取回了自我，反而讓我的良心受到苛責。之前我迷失了自我，不僅讓這個世界陷入混亂，還害得百姓飽受戰亂所苦。我願意為此贖罪。」

這傢伙的嘴巴真溜啊。嘴裡滔滔不絕地講著求饒的說詞。

儘管嘴巴上說想贖罪，但真正的目的其實是不想死，不想喪失權力。

假如我允許他繼續以國王身分盡自己的職責做出補償，我就不能殺死國王，也不能奪走他的權力。

吉歐拉爾王是為了自己的將來，所以才想盡辦法試圖讓我允諾饒他一命。

真是讓人看不下去。

我都想吐了。

「這樣啊。所以你想要向人民贖罪是嗎？我知道了。我就幫你處理吧。」

「喔喔喔，感謝你。就讓我為了世界和平付出一己之力吧。」

活下來了。

吉歐拉爾王如此確信，臉上的表情也不再那般緊繃。

白痴，要讓你贖罪的方法可多得是啊。

「等到處理完善後，我想想喔。就把你綁在大廣場上示眾吧。畢竟憎恨吉歐拉爾王的人多如繁星。不如就讓民眾盡情宣洩自己的不滿吧？我會準備好一個能讓那些傢伙復仇的機會……他們肯定會很開心。因為我也很清楚啊，折磨毀了自己人生的傢伙，再把對方凌虐致死，可是最棒的娛樂啊。」

我狠狠抓住吉歐拉爾王的頭髮並這樣向他宣言。

怎麼可能繼續讓他擔任國王來贖罪，我會讓他以罪人的身分，成為這次民怨的出氣筒。

反正這傢伙的等級和狀態值都莫名地高，不可能會因為受到一般人的暴行而輕易死去。

肯定會成為一個很棒的玩具。

「等等，求你等等。我剛才說的贖罪，不是那個意思，是要發揮身為國王的能力……對……對了，我會給你各式各樣的好處，所以……」

「剛才說想贖罪的人不是你嗎？所以我才按照你的要求去做啊。而且啊，我根本不需要你的施捨。吉歐拉爾王國已經不是你的了，是我的啊。」

「胡說，我是國王，我可是第三十二代吉歐拉爾王，名為……」

「給我閉嘴，臭死了。」

我用力踹了他的下巴，一腳把他踢暈。

我會讓吉歐拉爾王如願以償，向國民贖罪。

要是他是個美女，我也能從中找到一些樂子，但我不好男色。

我要找個貴賓席，觀賞吉歐拉爾王遭受群聚的國民追打，承受暴力與恥辱的場景享樂。

這是對這傢伙最大的屈辱。

遭到民眾完全否定，齊聲高喊他是不配當個國王。

這旨趣相當不錯。

直到我和芙蕾雅穩定吉歐拉爾王國的秩序之前，還是得有個讓百姓宣洩怒氣的對象。

他肯定會在這方面發揮很大的作用。

「這樣一來，就達成我第一個目標了。」

再來，只要逮住帶著【賢者之石】回來的布列特，狠狠地向他復仇即可。

向可恨的三勇者以及吉歐拉爾王復仇的這條路……

實在漫長啊。

現在，還差一點就能達成我的夙願了。

終章 重建吉歐拉爾王國

地板和牆壁被畫滿了各式各樣的幾何學花紋的術式，為了獻上【賢者之石】的燭台所準備的房間。

這房間是吉歐拉爾王為了讓自己成為世界霸主所製作的儀式裝置。

然而這一切都已消失得無影無蹤。

不論是什麼樣的賢者都無法重新修復。

在全部破壞殆盡之後，我們隊伍全員巡視了城內的狀況，發現了意料之外的事情。

「……原來一旦打倒根源，雜碎的黑暗之力就會消失啊。」

「其實紅蓮也很意外的說！不用清除他們就可以了事，真幸運的說！畢竟那些傢伙很臭的說！」

原本城內還有漫山遍野的黑騎士，然而那些傢伙卻一個個都倒在地上，乾枯凋零。

那些遭到黑暗瘴氣侵蝕的人身上的瘴氣消失了。

但是，他們似乎並不會因此而回復正常，迎向快樂結局。

或許是因為長時間都和瘴氣一體化，導致他們的身體變得一旦沒有瘴氣便無法存活。

而身為源頭的吉歐拉爾王就算喪失了瘴氣也沒有因此而死，看來是因為我的【恢復】將他恢復過頭了。

一般來說，會像倒在我眼前的這些騎士一樣變成木乃伊死去。

後來我們在城裡繞了一圈，滿是堆積如山的屍體。

當然也有少部分是沒有受到黑色瘴氣侵蝕的人，他們發現自己得救之後全都高興地顫抖不已。

看樣子，他們是被強迫來照顧這些黑騎士的。

芙蕾雅站在我的旁邊。

「那個，凱亞爾葛大人……為什麼要把我變成這張臉呢？」

「因為我們的計畫就是要彰顯芙列雅公主為了拯救這個國家而回到此地。所以我認為得先讓城裡的倖存者把妳的身影烙印在他們的腦海裡面。」

正如我事前所計畫的，每當芙蕾雅以芙列雅公主的模樣在倖存者的面前現身，宣稱自己是為了從發狂的父親手中拯救吉歐拉爾王國而回來的之後，他們便猶如目睹女神降臨到現世一般，紛紛伏地跪拜。

看來他們度過了一段相當艱苦的日子。

他們所需要的，是簡單易懂的英雄。

此刻的感動將會束縛他們的心靈。

然後，他們將會把這份感動以傳聞的方式廣為流傳。自發性地散播出去的傳言，比起為政者傳達的上千話語，或是報紙的報導之類，滲透百姓內心的效果更勝千倍。

簡而言之，要是有信眾存在，就更容易創造新的吉歐拉爾王國。

「艾蓮，我想把全新的吉歐拉爾王國交給妳來治理。雖然我們所有人都會留在這裡幾天……我想想，妳就留在這裡一個月吧。到時候我一定會來接妳。妳要在這段期間把國內的政局安定下來，並培養一個人才接手，以便當妳不在之後也有人能管理好這個國家。」

要在短短一個月的期間內，徹底重建民生凋敝的吉歐拉爾王國。

更別提目前這個國家已經招惹了周邊強國以及無數城鎮的敵視。

如果從一般角度來看是不可能的，但艾蓮的真實身分是諾倫公主。考慮到諾倫公主的能力，應該有辦法完成這個創舉。

「只要給予足夠的權限，我就能完成這個任務。雖然要和凱亞爾葛哥哥分開一個月會很難受，但我一定會做到這件事給你看……只是，還請凱亞爾葛哥哥在這一個月的期間抽空回來幾次吉歐拉爾王國。要重建吉歐拉爾王國，還是得妥善運用身為英雄的【癒】之勇者凱亞爾，以及身為【術】之勇者又是公主的芙列雅這兩人的存在。」

「嗯，等訂好日期之後就聯絡我吧，我到時會和芙蕾雅兩個人一起過來。」

艾蓮說的話確實有道理。

吉歐拉爾王國自身已經沒有足夠的力量掌握民心。

要是沒有名為英雄的偶像存在，肯定是無計可施。

我們後來將城堡徹底地巡視了一遍，然後寄了一封信到拉納利塔，傳達我們已經討伐吉歐拉爾王並占領了城堡一事。

雖然我原本以為多少會和協助黑騎士的那群士兵發生一些摩擦，但由於芙列雅公主的存在，他們都很乾脆地就倒戈到了這邊。

……一切事情都按照我的計畫進行，但我犯下了一個嚴重的失誤。

由於黑色瘴氣已經完全灰飛煙滅，說不定【砲】之勇者布列特其實已經死了。

我好想親自動手，在徹底地折磨那傢伙之後再殺了他洩恨。

照正常狀況判斷的話，他應該在前往吉歐拉爾城的途中就死了。所以那傢伙帶在身上的【賢者之石】也會跟著下落不明。

要在這個廣大的世界某處尋找掉在地上的一顆石頭，根本形同大海撈針。

「凱亞爾葛大人，你為什麼在笑呢？」

剎那一臉狐疑地向我這樣詢問。

是嗎，原來我在笑啊。

「沒什麼，不禁就笑了。」

儘管我將這個問題搪塞了過去，但我會笑是有理由的。

雖然只是預感，但我覺得即使處於這種狀況，布列特依舊還活著。

那傢伙在被我殺死之前是不會死的。而且我有一種幾近確信的預感，那傢伙會確實地把【賢者之石】交到我的手上。

現在我就等待他的到來吧。

我可是很擅長等待的。

想必在不久的將來，他就會幫我準備好復仇的舞台。

◇

後來我們忙得不可開交。

拉納利塔立刻派來了使節團，以及負責振興吉歐拉爾王國的人員。

然後，艾蓮站上了主導的位置，正式地開始重建吉歐拉爾王國。

畢竟我對政治、經濟以及軍事這類領域實在是一竅不通，所以我只把方針告訴艾蓮，剩下的事情就全部交給她了。

這就是所謂的知人善任。

畢竟外行人從旁瞎指揮根本不會有好下場。

但是，從我這個外行的眼中看來，還是能感覺到幾近亡國的吉歐拉爾王國以驚人的氣勢重振旗鼓。

實際上，到各地避難的民眾也陸陸續續地回到了國內。
幸好我沒有殺害諾倫公主，而是讓她以艾蓮的身分重生。
在順利重建吉歐拉爾王國之後，關於魔族領域方面也得倚重她的智慧。
夏娃也才剛當上那邊的魔王，目前正手忙腳亂。艾蓮的頭腦肯定能派上用場。
然後……
「我們總算能離開吉歐拉爾王國了嗎？」
「畢竟已經完成最後的任務了嘛。」
今天剛好是打敗吉歐拉爾王之後的第十天。
若是平常的話不會允許平民進入吉歐拉爾城，然而現在中庭卻是熙熙攘攘，聚集了不少民眾。
我刻意不換上奢華的服裝，而是穿著平時穿的戰鬥用服裝，並隨身攜帶【神裝武具】。
要以英雄的身分亮相的話，還是這個打扮更為適合。
他們對我所追求的，是身為戰鬥者的形象。
而芙蕾雅……不對，芙列雅公主則是穿著一身形象清純的秀麗禮服，與我兩相對照。
如同大眾對我所追求的形象是個英雄一般，對她所追求的形象則是楚楚動人的悲劇公主。
我和外貌變成芙列雅公主的芙蕾雅一同走出了露臺。
【癒】之勇者與芙列雅公主打敗了吉歐拉爾王，拯救了這個國家，如今已成為眾所周知的事實。

但是，實際讓百姓看到英雄與美麗公主的身影並聽取發表宣言，有著更進一步的意義。

我們光是現身在人群之前，底下民眾便掀起了一陣歡呼。

隨後，芙蕾雅往前踏出一步。

「各位，我因為察覺了潛藏在王國的黑暗，而遭人覬覦性命，後來選擇與【癒】之勇者一同離開了這個國家。然後，我一邊旅行，同時聚集協助者，一路積蓄力量……得到伙伴與力量的我，聽聞父親終於有所行動，於是為了拯救這國家，同時更是為了拯救人民，我回到了這個地方。」

被芙列雅公主的話語深深打動，有人熱淚盈眶，有人放聲吶喊，雖說反應形形色色，但都很熱情地接受了這個改變。

美少女果然有先天優勢啊。

更何況芙蕾雅的聲線也十分動聽。是能夠輕易打動人心的聲音。

「危機已經解除了。但是，這個國家卻遭到了荒廢摧殘。我一定會讓我熱愛的吉歐拉爾王國回復昔日的模樣。為了實現這目標，還請各位務必助我一臂之力。」

她低下頭。

而國民也回應了她的請求。

真是美麗的光景。

從旁觀者的角度來看，完全是一樁美談。

尤其演員實在出色。

「……然後，為了重建吉歐拉爾王國，我們必須要把積弊徹底清除。因此，得有人為此償還罪過。不論那個人是王族還是貴族，都得一視同仁。」

在她說著這番話的當下，從中庭出現了一群全副武裝的士兵。他們正推著一台貨車。

那台貨車上豎立著好幾根柱子，在柱子上則是綁著好幾名裸體男子。

由於這副模樣實在過於悽慘，國民們霎時間沒有會意過來那些人是誰。

然而，也慢慢有人反應過來這些人的身分。

他們是吉歐拉爾王，以及這個國家的大貴族們。

讓吉歐拉爾王贖罪自然是天經地義，但同時也要將那些會造成國家威脅的害蟲一併消失。

正因為如此，艾蓮才會從大貴族之中挑出這國家的害蟲，將他們同樣視為戰犯。

以目前這種狀況，要捏造再多罪行也不成問題，實際上他們為了活下來，也確實對吉歐拉爾王伏首稱臣，為他做牛做馬。

我理想中的吉歐拉爾王國，不需要這種害蟲。

既然吉歐拉爾王難得幫我們打破了王國的現狀，就趁這個機會把不要的東西全部捨棄吧。

像這種能大掃除的機會是可遇不可求。

這樣一來，這裡將會變成更好的國家。

芙蕾雅指著被五花大綁的害蟲並說道：

「他們是破壞了這個國家的人，也是讓各位受苦的罪魁禍首。請把各位的憤怒、痛苦，以及憎恨全部發洩到他們身上吧！為了讓我們從明天開始能迎向未來！」

……就算成功重建吉歐拉爾王國，人民的心中依舊會留下沉重的憎恨、憤怒以及悲傷。

重生的吉歐拉爾王國當然也不需要這些東西。那樣的負面情感會成為發展的絆腳石。

更何況清楚地歸咎出罪惡的所在也很重要。

不僅是新政權，要是不把一直以來的過錯全部表明是這些傢伙的責任，人民的怒火與不滿就會在重建時把矛頭指向新政權。

所以，要指名道姓地點出這些讓國家沉淪的元凶，給民眾宣洩憤怒以及不滿。

「……說了這麼多，我其實不過想給民眾一個復仇的機會罷了。」

我獨自輕聲低喃。

我可以理解民眾的憤怒。所以想要讓他們復仇。

復仇是一種娛樂，為了將來能度過健全的每一天是有其必要的。

所以我給了民眾這樣的一個機會。

士兵們開始拖著貨車往前邁出步伐。

他們接下來將會拖著車環城一圈。

此時，有人往車上扔了石頭。

「好痛！住……住手，我可是……哇啊！」

石頭打中了吉歐拉爾王的頭，當他為此發出慘叫之後，便聽到了人群中傳出了一陣笑聲。

士兵沒有阻止民眾這麼做。於是，又有其他人扔了石頭。

不消一刻，飛出的石塊便猶如驟雨一般傾注而下。

「殺了他們，殺了這群豬！」

「還給我，把我兒子還給我！」

「就是這群人！就是他們！」

「這群混帳王八蛋——！」

不只是吉歐拉爾王，大貴族們也紛紛地叫出自己的名號與身分，藉此嚇阻民眾，但既然他們以全裸模樣被綁住遊街示眾，大貴族的威容自然不復存在。

「住手、住手、不要這樣！我反省，我已經在反省了，原諒我……」

到了最後，嚇阻已經轉變為求饒或是賠罪。

看到從來沒低聲下氣過的這群傢伙被平民老百姓這般羞辱，實在是有趣，大快人心。

但是，事到如今就算道歉，民眾也不會因這番話而停止他們的行為。

沒過幾分鐘之後，眼前的大貴族們要不是昏厥就是死去，但有著強健體魄的吉歐拉爾王並沒有因此失去意識。

……如果是原本的吉歐拉爾王，他的力量其實強到被石頭砸到也不會有絲毫痛楚，但我適當地改造了他的狀態值。

雖然降低了防禦力，但生命力與再生能力倒是調整成相當的強度。

這樣能讓他充分感受到疼痛，但卻不會輕易喪命。

馬上就讓他解脫太無趣了，必須要讓他好好地享受這份屈辱以及痛楚才行。

當貨車離開了中庭，民眾們也一起跟了過去。

他們將會在忍受著石頭雨以及羞辱的同時繞城一圈。

對吉歐拉爾王而言，這肯定會是人生中最為漫長的一天吧。

好啦，不知道他在回來之前會不會死掉。要是死了就算他好運。

畢竟要是他能活著回來，還會有我要給的額外好康等著他呢。

善後處理到此告一段落。

這樣一來，在吉歐拉爾王國的工作就結束了。

等一切準備就緒之後，我們就回到魔王領地，並在路上收集有關【砲】之勇者布列特以及【賢者之石】的情報。

假如只從目前的狀況來看，布列特已經死了。

然而，我的直覺卻告訴我那傢伙還活著。

我相信這份直覺，會盡可能地動用所有管道尋找那傢伙。

這或許是我的一廂情願。但要是那傢伙已死，我會在消化不良的狀況下結束復仇。

我想立刻找到那傢伙，就像我當初曾受過的對待一樣，奪走他所有尊嚴，折磨他，讓他跪地求饒。

而且，我感覺自己能實現這個願望。

等到安排好這部分的調查之後，就立刻回到魔王領地。

畢竟我很擔心一個人留下來的夏娃，甚至很想念她。回去後得好好地疼愛她才行。雖說復仇很重要，但戀人也是同樣。

「這個世界的支配者是我。」

魔族領域由夏娃掌握，吉歐拉爾王國由芙蕾雅主導。兩個人都是我的女人。

換句話說，魔族領域以及吉歐拉爾王國兩邊將同時讓我隨心所欲地操控。

就算說我實際上已經掌握了這個世界也不為過。

今後真是令人期待啊。

我要歡樂自在地活下去。

◇

吉歐拉爾王運氣不好，沒能在遊街時喪命。

莫名傑出的狀態值反而讓他自食其果，沉淪於慾望的腐敗貴族一個接一個命喪黃泉，但唯獨他活著回來。

那又老又醜的身體承受了民眾的怒火，現在看起來就像是條破抹布，因為他們不光投擲石頭，甚至還扔了垃圾與髒東西，所以讓他變成了這副悽慘的德性。

我和芙蕾雅一起眺望著那樣的他。

「雖然我認為他肯定會苟延殘喘活下來，但想不到這麼頑強，真令我傻眼啊。」

「是啊。有點讓人看不下去呢。」

順帶一提，我們現在所在的地方是和剛才進行演說的露臺比鄰的房間，芙蕾雅依舊維持著芙列雅公主的模樣。

而且她身上也依然穿著那套惹人憐愛的禮服。

然後，國王被用鎖鏈銬在房間的一隅。

「……就原諒我吧。我贖了這麼多罪，也已經夠了吧。」

「你說這什麼話？」

只不過是全裸遊街示眾，遭到眾人謾罵，被扔石頭以及髒東西，就以為自己已經贖罪了？

這傢伙是真正的垃圾。

有好幾千人都因為這傢伙而死。

死去的傢伙還算像樣。

裡面甚至還有人變成怪物，從此求死不得，只能飽受活生生的地獄折磨。

我也是其中一名犧牲者，要是沒有這傢伙，我就能在那個和平的村子，在一群溫柔的人們圍繞之下度過平靜的生活。

然而，這一切都被這傢伙給破壞了。

明明如此，只不過是受到那種程度的羞辱，他竟然敢說自己已經贖完罪了？

他到底以為自己是哪根蔥啊？

他以為自己有什麼價值說這種話？

我以冰冷的視線望去，吉歐拉爾王便畏縮了起來。

由於他一直立於眾人之上，似乎不習慣被他人投以鄙視的眼神。

「芙……芙列雅，救救我，救救我這個父親！我一直很疼妳的對吧，對吧？」

「我根本不認識你。請你不要隨便向我搭話。」

遭到女兒拒絕，吉歐拉爾王的表情染上了絕望。

芙蕾雅會有這種反應也是理所當然。

畢竟我雖然把她的外表變回芙列雅公主，但她只認為自己是在扮演芙列雅公主的芙蕾雅。

算了，這傢伙在跟我們交手之前，就已經宣稱芙列雅公主和諾倫公主都是單純的棋子切割了她們。

基本上，這對親子之間是否存在著親情也令人懷疑。

於是，我從後面抱住芙蕾雅，開始揉她的胸部。

「啊嗯，怎麼這麼突然？雖然我很高興凱亞爾葛大人願意疼愛我，但在這種骯髒的老人面前，我會難為情的。」

「就讓他觀賞一下吧。反正他接下來就要死了，當作送他上黃泉的伴手禮吧。」

我左手繼續揉胸，右手開始撫摸祕部。

這裡已經濕了。

我放入手指，進攻她敏感的部位，然後便馬上成為一片汪洋大海。

「雖然嘴上說會難為情，但其實妳已經很興奮了不是嗎？」

「那個，感覺好奇怪。自從以芙列雅公主的舉止演說之後，身體就一直感到火燙，而且，今天的凱亞爾葛大人好帥氣，讓我的身體變得好奇怪，啊啊嗯！」

她所言不假，我只靠輕微的愛撫便讓她達到高潮。

吉歐拉爾王目不轉睛地看著眼前的景象，驚訝得說不出話。

或許是看到可愛女兒的淫亂姿態，在確認她的成長吧。

「我已經讓妳舒服了。我這邊也拜託妳了。」

「好……好的，凱亞爾葛大人的，比平常還要大。」

為了把新政權的清廉形象展示給民眾，我幫芙蕾雅選了清純又惹人憐愛的禮服。

她現在穿著那套衣服，同時以淫靡的表情津津有味地舔著我的那話兒。

而且還是在父親面前，這傢伙真是有夠變態。

搞不好我也是變態吧。
畢竟，自從我看到她穿著這身清純又惹人憐愛的禮服，就一直想要趁她穿著這件衣服時侵犯她。
「住手，快住手……」
噢，我還以為他們之間沒有所謂的親情，但目睹女兒淫亂的一面似乎還是讓他不忍直視。
正因為如此，才有把他找來這裡的價值。
要是他不覺得厭惡，就稱不上是復仇了。
由於我一直對芙蕾雅訓練有素，她的舌技如今已達爐火純青。
看到她宛如妓女般擺動舌頭，吉歐拉爾王的表情也跟著扭曲。
「很好，給我吞下去。」
我在她的嘴裡釋放精華，芙蕾雅將這些全都一飲而盡。
這個味道似乎令她回味無窮。
我從剛才開始就稱她為芙列雅。
要折磨吉歐拉爾王的話，還是用這個稱呼比較好。
「來，我們過去露臺吧。」
「那……那個，怎麼可以，會被看見的。」
「不要緊，天色已經暗了。」

現在是晚上，只不過今天恰好是滿月，就算沒有燈光照耀，我們依舊可以清楚地看到彼此身影。

不會有人在這個時間還望向露臺。

但就算如此，還是有種說不定會被人看到的刺激快感。

我拉著芙蕾雅的手，她的手明顯在顫抖。

「把手放在扶手上。」

「那個，真的要在這裡做嗎？」

「妳光是在這裡演說就興奮了對吧？那麼要是在這裡做愛，肯定會更加舒服。」

我在她的耳邊這樣低語，芙蕾雅聽到後猛然一顫，然後在嘴邊掛上了十分煽情的笑容。

接著，她照我的吩咐把手放在扶手上，就這樣把腰挺向我這邊。

「既然凱亞爾葛大人這麼堅持，那就沒辦法了。我奉陪。」

儘管嘴上說不要，但身體卻很老實，從聲色中也可以感覺出她滿是期待。

真是變得相當淫亂了啊。

我撩起裙子，挪開已經濕得一塌糊塗的內褲，一口氣挺進到深處。

「咿嗚！」

芙蕾雅發出了有點愚蠢的聲音。

我比往常更加激烈，粗暴地頂著腰。

或許是因為她相當興奮，可以感覺到蜜壺不斷蠢蠢欲動。

嬌喘聲也聽得十分清楚。

當我進行活塞運動的時候，芙蕾雅開始出現了變化。

「啊啊啊，啊啊！好棒，好棒。好舒服。人民，人民在看著我。一如往常來見我的人民啊啊啊啊，被看到了！」

一如往常嗎？

自從變成芙蕾雅之後，今天還是第一次在這裡發表演說。

她曾是芙列雅公主時的那段記憶被我上了鎖，所以現在肯定是因為極度的興奮狀態而稍稍漏了一點出來。

想必她看得很清楚。

一如往常地掛著尊敬與憧憬的表情，仰望芙列雅公主的民眾的身影。

她現在正因為被那樣的民眾看到而感到興奮。

「是啊，妳正被看著呢。看到公主這麼羞恥的模樣，大家都感到很高興。公主竟然這麼好色，國民真是可憐啊。」

「啊嗯，怎麼會，我……才沒有好色。啊啊嗯！」

「少騙人了。」

「要去了，要高潮了～」

我狠狠地朝芙蕾雅最為敏感的地方挺腰一頂後，她便達到高潮。

平常的話會在此稍作歇息，但今天我可不會手下留情。

我要繼續玩弄她。

「放過我，這樣，我會變得好奇怪。被民眾和父王看著，我竟然這麼淫亂。不行啦……」

持續不斷的高潮，使得芙蕾雅都快被玩壞了。

不過，這只是小幅的高潮。

在不斷重複這些小幅高潮之後，還會有更大的一波高潮。

以本能感受到這點的芙蕾雅開始主動大膽地挺腰。

然後，到了她即將高潮的那個時刻……

「是嗎，那麼，我就住手吧。」

我拔出了那話兒。

好啦，該開始今天的主餐了。

芙蕾雅整個人癱倒，一臉意猶未盡地看著我拔出來的那話兒。

「怎麼這樣，請給我凱亞爾葛大人的那個，請做到最後！要是在這種地方停下來，我會發瘋的！」

「那麼，要是妳肯聽我的請求，我就做到最後。」

我拿出小刀並讓芙蕾雅握住。

「殺了那個老人。我本來想說如果只是看的話還能原諒他。可是呢，看到他的兩腿之間像那樣膨脹起來，實在是令人作嘔。看到女兒的性愛場景竟然會感到興奮，根本就不配當個人。太骯髒了。」

吉歐拉爾王一邊哭泣，同時兩腿之間也腫脹得看起來相當疼痛。

這個模樣也未免太蠢了。

「什麼嘛，原來是這種事情啊。我馬上就辦好。」

芙蕾雅拿著小刀走向了吉歐拉爾王身旁。

「等……等等。不是，這個不是這樣……」

「是什麼都無所謂。」

「妳打算殺了父親嗎！為了讓妳受到男人的寵愛，我一直深愛著妳。一直對妳百般呵護啊！」

「……一直愛著我根本是謊言。你只不過是想玩扮家家酒而已。況且，你一直覺得很厭煩吧？」

「不，我真的愛著妳……」

「如果你真的愛著我，看到自己的女兒被人侵犯，怎麼可能還會讓那裡膨脹，在那邊自慰呢？」

芙蕾雅沒有停下腳步。

「等等，停下來。我可是妳的親生父親啊。」

「可是，這也沒有辦法啊。畢竟凱亞爾葛大人對我來說重要多了。所以，請你去死吧。」

然後，她拿小刀刺進了他的胸口，並直接扭轉小刀。

這是職業殺手的技巧。剎那的訓練有了成果。

由於她扭轉小刀，傷口被整個挖開，頓時血如泉湧。

「嘻嘻嘻……啊哈哈哈哈哈哈哈！」

我高聲大笑。

這樣一來，我就完成對吉歐拉爾王的復仇了。

民眾說你昏庸無能，不需要你，他們說你不配當個國王，讓你身為國王的威信一落千丈。

然後，看在女兒的眼裡比戀人還要不如。

不論作為國王、作為父親，還是作為一個男人，吉歐拉爾王的一切都遭到否定，失去了所有一切，悲慘地死去。

這實在是太棒了。

「幹得好，過來。」

「是！凱亞爾葛大人！」

芙蕾雅衝了過來。

我從後面抱緊她，就這樣直接抬起來插入蜜壺。

「啊啊嗯！就是這個，我就是想要這個！」
接著我保持這個姿勢回到露臺。
「來，這樣子能讓民眾看得更清楚吧。」
「是的，我和凱亞爾葛大人相愛的場景，被民眾清楚地看到了。」
芙蕾雅依舊看得見民眾的幻影。
那麼我就服務一下吧。我扯下禮服的胸口處，讓豐滿的雙峰顯露在外。
接著我使勁地捏了乳頭。芙蕾雅最喜歡這個行為，她吐出了甘美的氣息。
我順勢上下搖動，一鼓作氣開始衝刺。
「啊……啊啊啊！要高潮了。又要高潮了。這次請凱亞爾葛大人跟我一起！」
「嗯，是啊。我也差不多要到極限了。」
蜜壺如此熱情又用力地縮緊，讓我實在也無法再撐下去。
我一邊死命忍耐一邊擺動腰部。
彼此高潮的時機自然地傳達給對方，同時達到高潮。
「啊啊啊！嗯嗯嗯！好燙！凱亞爾葛大人的流進來了，甚至連那種地方，都被看到了，嗯嗯嗯！」
當我吐出精華的時候，芙蕾雅也跟著嘲吹，從露臺上灑下聖水。
我還是第一次看到這麼興奮的芙蕾雅。

沒想到她竟然有這種性癖。

算了，反正我也樂在其中，這是好事。

我把芙蕾雅放下來並親吻了她。

「開始變冷了。差不多該回去了。」

「是！凱亞爾葛大人。」

芙蕾雅主動抱住了我的手臂。

「請問，那個該怎麼處理才好？」

她口中的那個是指吉歐拉爾王的屍體。

「噢，不用擔心，我已經拜託人來清掃了。等到弄乾淨之後，明天再拿去斬首示眾。我想大家肯定會很開心的。」

這也能用來讓民眾發洩壓力。

垃圾也有適得其所的利用管道。

都是因為那傢伙，害得我的人生變得一塌糊塗。

不過，也因此享受到了有趣的餘興節目，以結果而言，我能完全掌握吉歐拉爾王國也得歸功於那傢伙。

畢竟我心胸很寬大。

就原諒吉歐拉爾王吧。

「噢，斬首示眾啊。是這樣啊。希望不會腐爛呢。」

「是啊。」

就這樣，我們前往寢室。

芙蕾雅不時地偷窺著我的臉。

明明剛才已經盡情疼愛了一番，但她似乎還意猶未盡。

真拿她沒辦法。

回寢室後也好好疼愛她吧。

到時候就把她變回芙蕾雅的臉，以對待芙蕾雅的方式疼愛她吧。

凌辱芙列雅公主是也不錯，但我果然還是比較喜歡芙蕾雅。

後記

感謝各位閱讀《回復術士的重啟人生》第六集。

我是作者「月夜淚」。

本集終於和萬惡的根源交戰了。當然也確實地完成了復仇。畢竟對象是萬惡的根源，所以凱亞爾葛比往常更加不留情面。這次的色情度也很驚人喔！

在接下來的第七集會解開各式各樣的謎團，請各位敬請期待！

宣傳：

角川Sneaker文庫的《世界頂尖的暗殺者轉生為異世界貴族》的第二集也會在同一天發售。

（註：此指日版）這部作品評價相當好，是Sneaker文庫這幾年的新作銷售額第一，在輕小說新聞網路大賞摘下了四冠，人氣相當高！請各位務必閱讀看看！

謝辭：

感謝拿起了這本書的各位讀者，以及與這部作品有關的所有相關人士！

後記…

我們是負責畫插圖的しおこんぶ。
到第六集了。儘管凱亞爾葛等人已經回到王都打倒了敵方大將，
但是復仇還沒有結束。
不過話又說回來，我們每次畫著插圖都會湧起一個想法，
真虧這種構圖能夠被批准呢，光是看圖的話根本就是R18了。
希望我們畫出來的插圖，也能傳達出每個角色帥氣的一面。
請各位今後也繼續期待《回復術士的重啟人生》！

復仇鬼VS最強勇者——
即將一決雌雄！
《回復術士的重啟人生
~即死魔法與複製技能的極致回復術~》7
2020年冬季　發售預定!!

最強廢渣皇子暗中活躍於帝位之爭
伴裝無能的SS級皇子背地支配王位繼承戰 1 待續

Kadokawa Fantastic Novels

作者：タンバ　插畫：夕薙

網路超人氣作品，大幅加筆重生！
最強皇子暗中大展身手，支配一切！

無能萎靡的皇子艾諾特被看扁成「優點都被傑出的雙胞胎弟弟吸收殆盡的『廢渣皇子』」。然而，皇子間的帝位之爭越趨激烈，艾諾特終於決心拿出真本事。「操控古代魔法的SS級冒險者」——掩飾真身於暗中活躍的廢渣皇子從幕後支配這場帝位之爭！

NT$200/HK$67

魔法★探險家

轉生為成人遊戲萬年男二又怎樣，我要活用遊戲知識自由生活 1 待續

Kadokawa Fantastic Novels

作者：入栖　插畫：神奈月昇

我要玩遍憧憬的成人遊戲世界！
然後在這個世界成為最強吧！

我轉生為美少女遊戲中的主角！——旁邊那位臉上掛著輕浮笑容又不走運的朋友角色。但我擁有「魔力量世界第一」的隱藏作弊性能與特殊能力，肯定能把女角們對我的好感度提升到MAX！「既然這樣，我乾脆不當主角的朋友，自由自在地過活吧！」

NT$220/HK$73

汪汪物語～我說要當富家犬，沒說要當魔狼王啦！～ 1~3 待續

Kadokawa Fantastic Novels

作者：犬魔人　插畫：こちも

步步逼近的喪屍身上散發出魔王軍的氣息——？
今天也鬧哄哄的「芬里爾」轉生奇幻故事，第三彈！

洛塔如願以償轉世成為富家犬，一封宣告要劫走宅邸寶物的預告信，卻忽然闖入牠悠閒自在的寵物生活！然而，闖進來的卻是可愛的精靈三姊妹，她們背後似乎有什麼苦衷？最近田裡也出現了蔬菜小偷，意外地輕易抓到了犯人……其真面目竟然是骸骨馬！

各 **NT$200~220/HK$67~73**

國家圖書館出版品預行編目資料

回復術士的重啟人生：即死魔法與複製技能的極致回復術 / 月夜淚作；捲毛太郎譯. -- 初版. -- 臺北市：臺灣角川, 2020.08-

冊； 公分. -- (Kadokawa fantastic novels)

譯自：回復術士のやり直し：即死魔法とスキルコピーの超越ヒール

ISBN 978-957-743-929-1(第5冊：平裝). --

ISBN 978-986-524-064-6(第6冊：平裝)

861.57　　109008335

Kadokawa
Fantastic
Novels

回復術士的重啟人生 6
～即死魔法與複製技能的極致回復術～

（原著名：回復術士のやり直し6～即死魔法とスキルコピーの超越ヒール～）

2020年11月4日　初版第1刷發行
2021年3月19日　初版第2刷發行

作者：月夜涙
插畫：しおこんぶ
譯者：捲毛太郎

發行人：岩崎剛人
總編輯：蔡佩芬
主編：朱哲成
美術設計：黃永漢
印務：李明修（主任）、張加恩（主任）、張凱棋

發行所：台灣角川股份有限公司
地址：105台北市光復北路11巷44號5樓
電話：(02)2747-2433
傳真：(02)2747-2558
網址：http://www.kadokawa.com.tw
劃撥帳戶：台灣角川股份有限公司
劃撥帳號：19487412
法律顧問：有澤法律事務所
製版：巨茂科技印刷有限公司
ISBN：978-986-524-064-6